泪与盐

——痛苦和希望：我在兰佩杜萨行医的日常生活

［意］皮埃罗·巴尔托洛

［意］莉迪亚·提洛塔

（与贾科莫·巴尔托洛合作完成）

人民文学出版社

著作权合同登记：图字 01-2021-0715 号

Lacrime di sale

by Pietro Bartolo, Lidia Tilotta
© 2016 Mondadori Libri S. p. A. , Milano.

图书在版编目(CIP)数据

泪与盐/(意)皮埃罗·巴尔托洛,(意)莉迪亚·
提洛塔著;汤德利译. —北京：人民文学出版社，
2021
　　ISBN 978-7-02-015755-6

　　Ⅰ. ①泪… Ⅱ. ①皮… ②莉… ③汤… Ⅲ. ①回忆录
-作品集-意大利-现代 Ⅳ. ①I546.65

　　中国版本图书馆 CIP 数据核字(2019)第 199799 号

责任编辑：甘　慧　潘爱娟　邰莉莉
封面设计：李苗苗

出版发行　人民文学出版社
社　　址　北京市朝内大街 166 号
邮政编码　100705

印　　制　杭州钱江彩色印务有限公司
经　　销　全国新华书店等

开　　本　787 毫米×1092 毫米　1/32
印　　张　5. 75
字　　数　160 千字
版　　次　2021 年 5 月北京第 1 版
印　　次　2021 年 5 月第 1 次印刷

书　　号　978-7-02-015755-6
定　　价　48. 00 元

如有印装质量问题,请与本社图书销售中心调换。电话:010 - 65233595

献给我们的父亲，

贾科莫和加斯帕雷；

献给我们的母亲，

格拉齐娅和努齐亚；

献给那些只求有个地方供他们安身和长大的

父亲和母亲、儿子和女儿。

目　录

Mare nostrum
我们的海①

海水冰凉，寒气入骨。我没法弄走小船里的水。我跳来跳去，始终无济于事，用尽了身手和力气，船里仍是满的。接着我掉了下去。

如此突然，我甚至还什么都没意识到。我害怕了。深夜时分，天很冷，十六岁少年的粗心大意让我忘了顾及危险。我本来不能也不该落海的。现在我感觉自己要死了。

大船上的人在睡觉，舵手好像根本没有发现系在后面的小船上已经空无一人。我很害怕。我们离兰佩杜萨四十英里，如果没能马上引起注意，他们会把我丢在这儿，那样就什么都完了。直到抵达码头他们才会发现我不见了。我不想这样死掉，我才十六岁。我恐惧万分。

恐慌攫住了我，我开始用喉咙里最后一口气大喊大叫，一边拼命浮起来不让自己被大海拖向海底。这片大海给了我们衣食，也可能决意永远抛弃我们，化身残暴的怪

---

① 古罗马人对地中海的别称。

物，毫无怜悯之心。"爸！①"我喊道，内心越来越焦急，"爸！"我喊个不停。他就在舵旁，却没有听见。我要完了，我心想，但还是继续呼叫着。随后发生了什么事情，他回过头来发觉了我，发觉了我高举的手臂和哭喊到嘶哑的声音，于是他回来救我了。

父亲把水手们喊醒。肯尼迪号的甲板上一片忙乱。海面波涛起伏，要把我拉上去并不容易，但他们最后还是做到了。我得救了。发冷，身体不适，呕着盐水，哭得像个绝望的小孩子。父亲紧紧搂着我，尽可能让我温暖起来。我们乘着空船回到家，捕鱼一无所获，却保住了一条人命。我的命。

后来的许多天，在我家那简陋的渔民小屋里，我一直没有开口说话。我以前可是从没闭上过嘴的。我这个从未安静过的人，现在却一动也动不了。从我的嘴里发不出一点声音。生命中第一次我明白了和死亡亲面对视的滋味。然而我无从知道的是，不仅那个夜晚将永远印在我的脑海，我的一生也终将打上大海的印记，大海会一次次送回尸体和活人，而救下活人，或者最后触摸尸体的正是我自己。每当在码头上看到一个男人、女人或者小孩浑身

———————————————

① 原文为当地方言：*Patri!*

被冰凉的海水湿透，眼睛里满是恐惧，我都会记起当时的事。

那一夜的噩梦还在不时重现，只是二十五年来，当年可怕的往事之上又增添了新的、更具毁灭性的记忆，不幸的是，这样的记忆恐怕还会越来越多。

踏上漫长的渡海旅程之前做一碗热腾腾的面——这是阿米娜和其他一些妇女的想法，于是她们用水管把燃气罐和一个临时搭起的炉子接了起来。逆燃引起的火灾让她们无路可逃。这些人全身百分之九十都被烧伤，惨状令人不忍坐视，但利比亚的蛇头们毫无恻隐之心。他们将这些女人强行抬上一艘皮艇，她们在这种条件下渡海，在漂流中饱受刀割般的疼痛折磨，直到财政卫队赶到施援。

救援人员甚至不知要如何去碰她们、如何把她们抬上巡逻艇的甲板才能不给她们造成新的痛苦。然而她们没有人抱怨、喊叫或者哭出声一次，哪怕是在这样的状态下被军人们抬上码头的时候。

这简直难以置信。我眼前的景象如此骇人，我都不知道救治该从哪里开始。这已经是我经历的不知道多少次的挑战，因为每一条船抵达的时候你都无从预料会遇到什么，无从知晓在种种你并没有学过的技能之中，是哪一种将要派上用场。

她们一共有二十三人，有一个刚满十九岁的没能活下来。年纪最小的只有两岁，全身烧伤，粘在担架上的皮肤被撕掉，血淋淋的肉暴露出来。必须立刻送她们转院，去巴勒莫、卡塔尼亚：她们必须到有足够条件的医院去治疗，兰佩杜萨这里做不了什么。这是与时间的赛跑，靠着来往穿梭的直升机，一趟又一趟。最后一个人终于登机的时候，我们才感觉到呼吸恢复正常。这一次也成功了，至少成功了一部分。

过了几天，我在兰佩杜萨的主干道罗马路上散步，仍然想着之前发生的事。一位社会工作者拦住了我，对我讲起和那二十三个女人一起下船的唯一男性，此人现在就住在难民接待中心。我记了起来，这个人我也检查过，状态良好，带着一个小孩。我以为那是他的儿子，结果她告诉我不是。那孩子是一位烧伤姑娘的，如今已经过了好几天，他仍在想办法通过官方渠道弄明白孩子的母亲是谁。

我坐上车一路开到接待中心，急得要命。时间已经不容浪费。危险在于，万一那位妈妈已经出院，被送到别的什么地方，我们就再不可能帮她与孩子团聚了。大家连对这孩子的名字都一无所知，于是管他叫朱利奥。

　　我找到那名当时抱着她下船的男子，请他为我描述一下朱利奥的母亲的样子。她是在巴勒莫住院的几个女人之一。我们立刻动用了必要的渠道促成母子团聚，几个小时之后他们又在一起了，她和伊万。这才是他真正的名字。

Una scarpetta rossa
红色小鞋

法瓦洛罗防波堤上有一只红色小鞋。周围还有许多只，散落满地，仿佛一条鹅卵石铺成的无头小径，和抵达另一个世界的希望一同被拦腰截断。这些小鞋，和那些戴在小小身体上的小脚链、小项链、小手镯一样，都曾在我的噩梦中反复出现，我必须检查这些尸体，一具接着一具，永无休止。一具接一具的小孩尸体，被从那些吓人的绿色尸袋里拽出来。

童年时代，在兰佩杜萨，我和朋友们从不穿鞋。我们的鞋底就是长满老茧的脚板。大家光着脚去上学，光着脚上船去捕鱼，光着脚在我们那座离任何陆地都太过遥远的小岛上玩耍，小岛是无边大海中的一块礁石，无比遥远却无比美丽。她能使所有人在这里靠岸时都不禁屏住呼吸，也会唤起他们类似于"非洲病"的乡愁。她吸引你，像一片巨大的磁场，引诱你、迷倒你，就像女巫基尔克那样。

我们从不穿鞋，除非是正式场合。

在兰佩杜萨，重要的场合本来也没有多少。甚至可以说几乎没有。然而，其中一次却改变了我们全岛的命运：民用机场的落成。这一事件如此重要，以至于我们所有人都被叫去，穿上讨厌的鞋子，迎接南方事务部部长保罗·艾米利奥·塔维亚尼，在兰佩杜萨人集体在大选中弃权以示抗议①之后，由他负责机场码头的建设事务。一切必须十全十美。谁知就在半路上，我发现自己的一只鞋丢了。我离开队伍跑去捡鞋，后面跟着学校老师，她是永远不会原谅我这次失礼行为的。但是我也绝不能允许自己少穿一只鞋回家：那是我仅有的一双，我们没钱去买新的。几分钟后我回到队列，两只鞋都穿在了脚上，接着我们到了机场。

落成典礼气氛庄严，仿佛这场斗争是兰佩杜萨人赢下的生死之战。后来我明白了的确如此。在兰佩杜萨，许多人仅因一点简单的流感并发症就送了命。坐船去陆地的航线耗时太久，而且到了冬天客船往往一连几个星期不会出海。有时会看到一架"格鲁曼"②，那种用于紧急救援的水上飞机，在海面上降落，但也只在特殊的情况下才用到。那架"格鲁曼"废弃以后人们只能求助于其他军用飞机，但是一

---

① 兰佩杜萨居民为争取在岛上设立机场，方便与意大利其他地区的交通而进行的示威活动。

② 美国格鲁曼航空公司生产的飞机。

等就要几个小时，飞机抵达岛上的时候往往已经太迟了。

到了80年代末，当我拿到医学学位，专修过妇科和产科，回到兰佩杜萨的时候，我开始努力为我们争取永久性的航空急救服务。我在家乡和巴勒莫之间跑来跑去，终于说服大区政府拨款六亿里拉用于建立运输航线。这对我来说是非凡的成就，因为兰佩杜萨人终于有希望在较短的时间内抵达医院，这让我们觉得自己仿佛没有实际上那么孤单了。一开始没有找好机上的急救医生，于是我就自告奋勇护送病人。不过，飞机还不能完全满足要求，它没法在利诺萨岛① 上降落，在我们看来这种歧视也是不可接受的。几年后就改用直升机了。我们一点点达到了目的。

二十年后，轮到我自己乘直升机被送去医院的时候，我不禁哑然失笑。那是一次中风。我一度面临瘫痪的风险，不过他们把我救了回来，而且最终推动我、刺激我，使我得以彻底克服疾病的力量正是来自那些人，那些寻求过或者正在寻求我们援手的男人、女人和孩子，那些以了不起的力量和尊严呼救的人们。尽管很不幸，他们的力量和尊严会以最坏的方式和我相遇。

---

① 利诺萨岛（Linosa）是兰佩杜萨岛东北方向一座更小的岛，与兰佩杜萨岛属同一行政区划管辖。

Non ci si può abituare
永远不会习惯

有时我会觉得我做不下去了。觉得我受不了这样的节奏，但更重要的是受不了如此之多的苦难和病痛。许多同行却反而深信我已经习惯了这些，习惯了把检查尸体当作日常事务。不是这样的。一个人永远不会习惯看到死去的孩子，或是在海难中分娩后殒命的女人，自己的婴儿还连在脐带上。永远不会习惯切下一根手指或者一只耳朵来提取 DNA，用这样的冒犯赋予已无生气的躯体一个名字、一个身份，而不能容忍它只是一个数字。每打开一只绿色口袋的心情都和第一次无异，因为每具尸体上都找得到一些痕迹，为你讲述有关一段漫长旅程的悲剧故事。

人们往往以为难民面对的困难只是横渡大海，其实那不过是最后一站。我听这些人讲故事已经有很久了。首先是做出选择，决定离开故乡的土地；然后是沙漠。沙漠就是地狱，他们如是说，只有置身其中你才会明白。淡水稀少，卡车上挤满了人，你要是选错了坐的地方就会被颠出车外然后死掉。到了水喝完的时候，想活下去只能喝自己的尿液。你到了利比亚，以为噩梦结束了，岂知新一轮受难已经开始：监禁，刑讯，苦役。只有当你应付了这一切，克服了所有残酷的磨难，你才能上船。如果你没有死在海上，最终到达了目的地，你才能指望生命重新开始。

我在兰佩杜萨目睹过所有的事。

一天上午，码头上一个从摩托艇上下来的女人给我留下了深刻的印象。她来自冈比亚，漂亮极了，身上穿着彩色衣服，手提一只行李箱，就好像在随便哪个车站刚走下火车。她带着一种让人无法忽视的姿态和傲气，仿佛所有苦难都被她从身上抖落了一样。我看见她坐上了开往接待中心的大巴，真想自己也一起上去，让她一路上把她的故事、她受的磨难和重获的希望都讲给我听。不过我还是回到了现实投入我的工作，而大巴则转过街角消失了。

我还见过来自巴勒斯坦的家庭，以为在叙利亚找到了能够逃脱他们自己战争的避难所，却刚好撞上另一场正打得火热的战争，只得一切从头开始。新的跋涉，新的磨难。还有那些来自叙利亚的家庭，他们或许是过得最不自在的人了，他们已经习惯了自己国家的生活方式，而留给他们放弃一切的时间又太短，短得仿佛没有尽头。

二十多年以前，兰佩杜萨刚刚开始有移民下船的时候，岛上的人管移民都叫"土耳其人"。这些人是自己过来的，坐着小船或者橡皮艇直接在沙滩上靠岸，主要来自北非。那时这是种新的现象，人数也很有限。后来一切都不同了。突然之间，人数激增，背后的故事也不一样了。正因如此，如今这种情况下，我的工作十分需要兰佩杜萨人的支持。许多时候，当沮丧的心情占了上风，都是他们为我重新注入斗志和能量。

贾丝明的事就是这样。她是和另外八百个人一起，一个叠一个地挤在一艘大船里来的。许多人被挤得蜷缩在货舱里，所有人都状态不佳。下船时，贾丝明的羊水已经破裂，要是把她送到巴勒莫，她的小女婴肯定保不住了。于是我尽力安抚她，同时给她做了超声检查，把孩子的心脏和小脑袋指给她看，孩子已发生宫内窒息。我别无选择，承担起施行大幅度的会阴切开术——也就是临分娩时在会阴切一道开口——的责任。必须冒这一次风险。手术圆满成功，贾丝明产下一个十分漂亮的女孩，一份大礼。母亲给她起的名字正是"吉芙特（Gift）"①。

紧接着的是一个无与伦比的惊喜。深夜时分，满身血污、疲惫不堪的我走出产房的时候，等在门外的是无数同

———————————
① 英语"礼物"。

样身为母亲的兰佩杜萨妇女，她们给吉芙特带来了所有能找得到的东西：尿布、小衣服，还有各种小礼品。

那一回我还意识到了另一件事，就是我们的门诊所还需要点别的东西。很多孕妇会带着自己的孩子一起过来，孩子们就这样惊慌地看着穿白大褂的医生把他们的母亲带走，去了某个满是奇怪机器的房间。我的想法很简单：应该在病房边上布置一间游戏室，漆成五颜六色，充满活跃气氛，小孩子可以待在里面等候母亲。这个主意相当管用，很多时候孩子们甚至根本不想走了。不过想说服他们离开游戏室只要再送一件小礼物就行。

帮助一个婴儿降生，看着你接生的孩子唇上挂着笑容，永远是莫大的乐事。2016年春天，一波难民登陆期间，我接诊了三名孕妇，其中有个十分美丽的尼日利亚女孩，名叫乔伊。她怀孕四个月却孤身一人，因为穿过沙漠时人口贩子把她和丈夫分开了，她在一队，丈夫在另一队。像这样被迫离别他们是无力反抗的。她一度让人劫走，随后获释被送上了船，再无对方的音讯。"帮帮我找到他吧，"她恳求着我，"求求你，我不想让我儿子长大时没有父亲。我们冒了所有的风险就是为了让孩子生在最好的地方。你知道怎么找到他，求你了，帮帮我。"

每当这些人来到我面前，交换着友好的目光，我就不再只是接诊他们的医生，而成了一只救命的锚，能够重新给他们与亲人聚首、与家人团圆的希望，即使——就像对于乔伊来说——那其实已经办不到了。或者更简单些说，我成了唯一一个他们可以对之倾诉自家悲剧的人。所以很多时候，那些我带去做超声检查的女孩子会向我提出可怕的请求：她们要抛弃那个果实，它不是来自爱，而是一次暴力侵犯的悲惨结晶。

有一天，十七岁的尼日利亚姑娘莎拉来到了诊所。"我想去死。"她着魔般地反复说，一刻也停不下来。她是和其他一百五十人一起下船的，其中有五个女孩，都很年轻而且清一色怀着孩子。同行的女伴告诉我莎拉已经试图自杀好几次，都没有成功。在病房里她甚至绝望地一头扑下了担架。

我给她做了超声。她孕期已是第十七周。我想给她看显示器，她却哭了起来，无法可想。"不要这样，"我试着安慰她，"你会发现所有事情都能解决的。"但谁会相信我这一套呢？

她直视着我的眼睛，说："我甚至不知道谁是这孩子的父亲。一共五个人强奸我。五个怪物轮流，到他们连继续折磨我的力气都没了才停下。医生先生，你觉得我肚子里的这个东西，现在和以后，对我来说会意味着什么？"真是令人心碎。该死的混蛋们。

我没法说她不对。我给我所属的巴勒莫卫生局的医生和一些社会工作者打了电话，第二天我们把她送上了直升机。她做了流产，现在有一家医院在关照她，给她治疗。

和莎拉一样，无数别的女孩也都和我讲过她们的遭遇，就像是想要卸下一个没法交给任何其他人的包袱。然后她们会请求我给她们堕胎，但不要让任何人知道，免得耻辱之上增添新的耻辱，或许比原先的更沉重，而她们在祖国与之离别的家庭将永远不再接纳她们。

那些年来到兰佩杜萨的怀着孕的女人实在是太多太多了。一天夜里，在防波堤，从几艘摩托艇上下来了五个。我还要检查其他移民，不能立刻和她们去诊所，于是我叫了埃莱娜，她是一直跟着我的医生和文化代理人，我让她陪这些人过去，我会尽快赶去找她们。

其中有一个怀孕八个月的女性，她的情况让我心生疑虑，因为她显得非常痛苦。"马上给她做个超声，"我对埃莱娜说，"她太难受了。"

完成了码头上的检查后我回到医院。埃莱娜两眼通红，刚刚哭过。

"怎么了?"我问道。

"那个很难受的姑娘……我觉得她的孩子已经死了。"

我来到超声室重做了检查。埃莱娜是对的。孩子的心脏已经不再跳动,他没能抵挡住母亲在旅途中不得不承受的疲劳和压力。年轻的女人马上就明白了。我们脸上毫无喜色,也没人叫她看显示屏,那上面只能看到一具已无生气的小身体的图像。我们向她通报了消息,她一言未发,闭上了眼睛,泪水流淌下来浸湿了她的面容。她无声地哭了。

我们决定用直升机送她去巴勒莫。我找来了几位社会工作者,请她们一直陪着她,安慰她,好让她不至于孤身一人。

他们给她做了手术。她本来怀着一个漂亮小子。得知消息的时候我有一种强烈的无力感和挫败感。给她检查的时候我甚至都没有去看孩子的性别。没有那样的心情。

出院以后她被送去一家专门接收女孩子的难民接收机构。此后她的命运我就不知道了。

Le ferite dell'anima
灵魂的伤口

我家是个大家庭。七个孩子，两男五女。我哥哥米莫一岁半时得了脑膜炎。那时候这种病要在病情恶化之前确诊并不容易，留下的脑部损伤使我父母不得不把他送进了疯人院。

在当时的兰佩杜萨，精神病人这个概念还根本不存在，一个家庭是承担不起如此巨大而又无法可想的压力的。

妈妈每次到阿格里真托①看望米莫，回来时都精神恍惚，几乎像变了个人。有一天我坚持要和她一起去，我想知道为什么去探病会让她如此痛苦。她带我去了，然而我身体中的一部分宁愿她没有。我看到哥哥全身赤裸，布满青紫和抓痕，在那个我眼中巨型的"非场所"（non luogo）内部走来走去。那里是绝对的黑暗，没有任何色彩，也没有或者说甚至没有任何温度可言。地板就是公共厕所，肮脏不堪。到处都是污秽，被单沾满污物，床垫浸透了令人

---

① 阿格里真托（Agrigento），西西里城市，在西西里岛南海岸。

作呕的尿液。人道荡然无存，幽灵们四处游逛，他们身处的地狱远不止来自他们混乱的精神状态。我既厌恶又愤怒。我想把哥哥带走，但我知道我做不到。

回家的路上我久久回想着自己目睹的一切，无法平静。如今我明白了母亲那被剧痛反复折磨的面孔，那暗淡的眼神属于一个知道自己什么都做不了的人，哪怕是为了救她在世上最珍视的，她的儿子。

后来，经过漫长而复杂的斗争，那家疯人院终于关闭了，我们得以把我哥哥送到阿拉戈纳①一家收容所。对我母亲和对我来说，这都算是小小的安慰。但对我还不够，多年来这件事如同体内的一条蛙虫、一个死结般使我焦虑，给我带来一种细微却持久的烦恼。

再后来我上大学的时候，想要深入了解这方面的事情，于是收集了许多关于疯人院改革之路的资料，这条路能够走通全拜弗兰科·巴萨利亚②——那位革新了心理疾病概念的威尼托精神病学家所赐。最终我意识到需要想办法让兰佩杜萨那些有精神疾病的青少年不再感到孤单。如

---

① 阿拉戈纳（Aragona），阿格里真托附近的西西里小镇。
② 弗兰科·巴萨利亚（Franco Basaglia，1924—1980），威尼斯人，意大利现代精神病学奠基人，20世纪60年代起致力于推动精神病医疗体系改革，最终促成意大利于1978年正式废除了旧式的"疯人院"制度，极大改善了精神障碍病人的生活质量。

今我们已经成功了一部分。我们建设了一家救护中心，使他们可以得到帮助，接受治疗，最重要的是可以待在一起，玩耍、创造、缝纫、绘画，得到娱乐。每天早晨都有大巴到家门口接他们来诊所，我自己只要有条件也会过去和他们一起待上一两个小时。有时候我会想，从那些不幸、从我们的家庭悲剧和我母亲无尽的痛苦之中，或许已经长出了一棵正在向深处扎根的小树呢。

　　我的工作是为病人治疗肉体的创伤，我尽己所能减轻他们的痛苦。然而令我伤心的事之一，就是自己没有器械能够治疗受创的心灵。

　　当我们想到每天有上千难民抵达我们的海岸，很难赋予他们一个身份，把他们描绘为具体的人，而不是降格成单纯的数字。这样有好处，因为如果知道他们忍受着残酷的折磨，或者在抵达渴求的目标之前早已死去，我们会很难过。一个救援人员怀里的断气的孩子也会使我们悲从中来，我们会受到触动，甚至哭泣，但只是像看电影时那样。这样的情绪只会持续一段有限的时间。一切都简单化、琐碎化了，在我们面对那个抽象化"问题"的过程中，没有任何复杂性存在。

　　关于那些来到我们的国家寻求帮助的人，我们几乎从不会把他们的软弱、他们精神的不稳定、他们的内心创伤当作一个问题。就好比——虽然可能是无意的——我们把他们当作了另一种心理与我们不同、不那么值得关注的人类。然而心理学专家在饥荒或战争难民救助中的作用是绝对不可缺少的。所以曾有许多次——现在也还是这样——我会在回复他们的时候感到无力和无能。

几年前的一次，曾有一批一百五十个年轻人在兰佩杜萨靠岸。我像往常一样在码头给他们做了检查。

为了查验难民有没有疥疮，我们会看他们的手，并且——仅限男性——让他们掀起上衣脱掉裤子检查全身。这是因为疥螨往往藏在背部、臀部和腹股沟里。这种检查动作很快，但非常必要。不过，对女性我们只检查到手部为止。

这时候我遇到一个二十六岁的尼日利亚青年。我看了他的手，掀起了他的上衣，但是还没等我让他脱掉裤子，他就不干了。我想要说服他，他不停摇头，用惊恐的眼神示意他不愿意。他这么坚决在我看来非常怪异，不过我还是丢下他去检查别人了。

之后的几个小时我一直在想这个小伙子，以及他如此斩截的拒绝态度。我猜想他是出于羞耻不想暴露私处，因为他不好意思。但这种态度并不正常。

又过了几天，接待中心的医生给我打了电话：有一个病人问题严重，需要送去诊所治疗。他没有解释是什么问题也没有说别的话，但我感觉到他十分担忧。我让他把人送来，然后马上开始准备 STP，也就是外国人暂住证明，这是一份极其重要的文件，允许外来人员在意大利各地的卫生机构接受免费救助。它有六个月有效期，到期可以再延长六个月。许多移民不想办这个，因为他们害怕登记自己的身份，但我会向他们解释这是至关重要的，因为只有这张纸能让他们在公共医院接受治疗。每次参加医学会议和研讨，我也都会全力让我的同行们理解这份必备文件有多么要紧。

就在我填写文件最后一部分的时候，病人在门口出现了，我再次见到了那个码头上拒绝让人检查腹股沟的小伙子。

我接待了他，让他脱掉衣服，但是情况和之前一模一样，他又拒绝了。我向他解释这次他不能再反对，如果接待中心把他送到这里，那说明他需要做检查。然而他仍在坚持。困窘，局促，尴尬不已。

我不知道该怎么想，这种恐惧看起来实在是有点荒唐。为什么要怕？我能对他做什么呢？他害怕的是什么事？就在我已经开始急躁的时候，突然之间，他解开了腰带，拉开拉链，一把扯下了长裤，随后把内裤也脱掉了。

我全身血液冰凉。那一刻我直欲呕吐。我没法直视他的脸，因为那样他将从我的眼中读出我内心的厌恶。我不知道该怎么做，尤其是该说些什么。

在他的两腿之间显出两颗睾丸，然后，是夹在中间的一个大洞。连一点阴茎的残迹都没有。有人把他的阴茎连根切了下来。这可怜的孩子被阉割了。

简直令人毛骨悚然。他才二十六岁，已经失去了一切正常生活的可能。所有的事都清楚了：为什么他拒绝脱衣服，为什么中心的医生事先什么也没有说。像这样的事我还从未见过。

我鼓起勇气看向他。他的眼中流露出无数种情绪，但最明显的还是不得不展示自己伤残身体时极度强烈的羞耻感。我问他发生了什么。他沉默了好几分钟，终于鼓足勇气讲了起来。

"我在尼日利亚过得不错。和一个非常漂亮的姑娘订了婚，本来应该结婚的。我们有好多大计划，想要生儿育女。不算富有，但也不是很穷，我挣的钱对自己来说足够了，将来也会努力挣够钱让我的家庭安稳生活。我很快乐，我们都很快乐。后来有一天，这些全都完了，多少年的爱和梦想，转眼间就毁灭了。

"当时我和未婚妻正一起散步，一帮年轻人开始用下流的语言对她评头论足。最初我忍着，她让我冷静点，那些人总会走开。但是后来这些流氓开始靠近我们，靠近她，勾引的意思越来越露骨，越来越让人难以忍受。我看不下去了，就回击了他们。动了拳脚，但是我只有一个人，他们那边有四个。我女朋友开始喊叫，绝望地呼救，没有人插手，于是他们抓住了我开始殴打。这时候她跑开了，去我家找人回来救我。

"与此同时，他们还在打我，我都已经感觉不到全身各处挨打的疼痛，头上，肚子上，还有下身。我的脸上和嘴里全是土。路上飞扬起来的尘土进到我的眼睛和鼻子里，我什么也看不见了。'迟早会结束的。'我心里想着，想要给自己打气。

"实际上他们的目的确实不是夺去我的生命。那太无聊了，对他们来说还不够爽。他们想让我受的苦永无止息。想要毁掉我作为男性，丈夫，父亲，作为男人的存在。

"那帮人里最壮实的拿出一把小砍刀。另一个拉下我的裤子，让裸体暴露出来。只是一刹那的事。我看见了刀刃在空中划过，齐根把我的阴茎切了下来。

"他们把我丢在原地，还流着血，像拿着一件战利品一样带着我的性器官离开了。没过多久朋友们来救我了，可是为时已晚。

"大家把我送到医院，医生紧急给我动了手术。我的命保住了，可如果当时没人来找我会好得多。我宁可那些禽兽杀了我。从那一刻起我活着已经没有任何意义。"

沉默。我也没能开口。他自顾自地说了下去。

"我很快养好了伤回到家。一切和以前都不一样了，再也不会一样。我做出了唯一可能的选择：出发，丢下一切，试着到欧洲来。我没有足够的勇气留在本国面对他们的行为造成的那些后果。我永远没法接受我被迫变成的样子，没法再直视我的爱人、我的朋友，甚至我的母亲。"

之后，带着祈求的眼神，他问："医生，我能怎么办呢？您告诉我有一种方法能让我找回失去的那件东西，至少有那么一种可能我还能重新安稳生活下去……"

我无言以对。但尽管万分不情愿，我还是选择不向他隐瞒真相：没有什么办法，即使最终做了修复手术，也只是一种外观上的补救，仅限于此。悲剧的地方在于我实在没有任何可说的话来安慰他，给他心理支撑，给他鼓励。那一刻我觉得自己毫无用处。

最终告别时他感谢了我一直听着他讲自己的故事，然后在接待中心一位工作人员的陪同下离开了。

我在写字台前足足坐了将近一个小时，什么事也做不了。如同痴呆一般。

小伙子在兰佩杜萨停留了几天，其间来诊所找过我两次。他说尽管我什么也做不了他还是很感激。他那批人启程前往阿格里真托的时候，是我亲自送他上的船。这个异常温柔却如此不幸的尼日利亚人拥抱了我，与我作别，并最后一次对我露出了他那忧郁的微笑。

La saggezza del piccolo Anuar
小亚努阿尔的智慧

"巴尔托洛医生，总共一百二十人。摩托艇即将到达港口。我们等着您过来。"这样的电话会不断打进来，有时和港务局——海岸警卫和财政卫队——的电话连线一整天或一整夜都没有断过。你到了防波堤上等待，有时等上好几个小时，大风把冰冷的海水扑到你的身上，你不禁想到那些人已经不知在肆虐的波涛和刺骨的寒冷中过了多久。男男女女，许多人从未见过大海，对它一无所知，也自然从未想到过认识它的时候是以这种方式。

那天上午有一位年轻医生和我一起，他想要了解一下我们在这样的工作地点和条件之下，做这样易动感情的工作，干活时会有什么感受。见到"大名鼎鼎"的法瓦洛罗防波堤时他惊呆了。

"码头这么破，而且光线这么差！"他叫道，"条件太糟糕了。完全不像我们每天在电视上看到的那样。"

"条件怎么样无关紧要，"我回答说，"重要的是我们在做什么，不是在哪里做，而且这边浪费一点点时间就可能意味着失去一条生命。"

年轻的同行明白他其实戳到了我的痛处。我已经多次向主管部门申请安装一套像样的照明设施并为那些在冻饿中抵达的人们开设一间茶点室。我还特别请求了设置厕所。即使男人没问题，女人下船后的第一件事总是请求上厕所。有过成百上千次我不得不介入，因为她们的膀胱已憋到了十分悲惨的境地。羞耻和腼腆妨碍着她们在旅行途中屈服于需求解放自己。

摩托艇共有两艘。和往常一样，船上有不少妇女，还有一些儿童。我马上登船为他们检查。没有传染病，只有脱水和体温过低的症状。在其中一条船上我注意到两个幼儿和一个大些的孩子，得赶紧让他们下船。我先检查了小的，两岁和四岁的兄弟俩，漂亮极了，简直是粘在了妈妈身上，生怕在这么多人中间找不到她。那个半大孩子却独自呆在角落里，身边空无一人。

我走了过去。他英语说得不错。这位亚努阿尔——他的名字——告诉我他是尼日利亚人。他父亲被博科圣地 [①]，

[①] 博科圣地（Boko Haram），尼日利亚东北部活动的伊斯兰原教旨主义恐怖组织，原正式名称"致力传播先知教导及圣战人民军"，2015年宣布效忠伊斯兰国并更名为伊斯兰国西非省。是当代最残暴的恐怖组织之一，迄今已导致超过15000人死亡，并导致上百万人流离失所。

一帮毁灭了推进路上一切的原教旨主义者杀害了。我听得出他讲话时的声音里有着毫无顾忌的仇恨。他直想哭，我也真希望他能哭出来，发泄一下，他只有十岁啊。但是没有。这些遭遇已经把他变成了一个成年男人，跳过了那些孩子们本该经历的变化。

他母亲把自己仅有的一点积蓄交给他，把他托付给了一个年纪大不了多少的男孩。"保护他，帮帮他吧，"她对那男孩说，"带他走。我不想让他也落得父亲的下场。至少要把他救出来。"亚努阿尔不愿留下母亲孤身一人，不愿与她分别，但最后不得不让步。到了利比亚，他的朋友抛下了他："你现在对我来说成了负担，以后你得一个人想办法了。"

"我流浪了好几天，不知道该做什么，该去哪里，"他强忍着眼泪说，"之后我遇见一位愿意照看我的老先生。不是那种把人关起来折磨他们的坏人。我还算幸运的。他帮助了我，直到我设法上了这艘船离开。母亲把全家的命运交给了我，家里有的一点钱全部都给了我，我必须保住自己，我要工作，以后还想回去找她和我的姐姐妹妹。阿拉胡阿克巴。"意思是真主至大。

这回忍不住泪水的人是我，觉得自己仿佛一个傻瓜面对着一位智慧老人。十岁啊，我想，这太不公平了。不可理喻。亚努阿尔将要忍受些什么，他如何能解释所有这一切呢？长大以后他会怎么看待我们，尽管他已经是个大人？那天晚上我回家时完全垮了。我把发生的事讲给妻子听，说我想把亚努阿尔带回家里，我们可以申请临时监护权，过去也有过这样的事。"皮埃罗，这不是办法，你自己也知道。"她这样回答。不幸她是对的。

Il destino in un sorteggio
抽签决定的命运

一天晚上父亲回到家——他一整天都在港口修补渔网和收拾"肯尼迪号"，我家的捕鱼船，父亲给它起了这个名字因为它是在那位美国总统遇刺那年造好的。一起吃完饭后他把我们叫到身边，拿了七张折起来的纸条扔到桌上。"你们一共七个人，"他说，"我没办法供你们全都上学。"接着他让最小的妹妹卡特琳娜抽出一张。

兰佩杜萨没有高中，那些年供自己的孩子去外地上学是很花钱的，没有多少人负担得起。所谓的抽签实际上只是个幌子。我立刻就明白了那些小纸条上只是同一个名字写了七次。名字是我的。我是家里唯一剩下的男孩，就要读完初中三年级，在学校成绩优秀，最重要的是如果父亲出了什么事，我将是那个要照顾母亲、姐妹和哥哥的人。

那天夜里我躺在床上无声地哭了。我只有十三岁，离开家人前往一个在我眼中无比遥远的地方，这样的想法使我恐慌。"妈妈，我不想走，我好害怕。①"她紧紧抱住我，我认出了她的眼神，和每次她去阿格里真托看望我疯人院里的哥哥回来的时候一模一样。她和我一样难过，不愿把我也送走。

不久之后我听到她和父亲商量，但父亲几句话就说服了她。"你希望他留在这里像我一样做渔民吗？你希望儿子干这个？②"父亲绝不愿我今后再过他的生活，命运系于一片喜怒无常的海面，由它决定何时对你温柔相待，何时毫不留情地施以惩戒。

另外还有更深层的原因，也是我们的历史上一个重要时代的印记。战后的重建和经济繁荣使那些出身低微的工人、农民、渔民认为给子女一个不同的未来已经成为可能。有一个大学毕业，做医生、工程师、律师或者教师的儿子不再是遥不可及的梦想，因为国家向你伸出援手，提供资助；因为大家都相信我们的民主制度终于有了稳固、强大、牢不可破的立足基础。我父亲坚信我只要努力，一定能赢下这一挑战。

---

① 原文为当地方言：*Mamà, un mi nni vogghiu iri. Mi scantu.*
② 原文为当地方言：*Tu voi chi sinni sta ca' pi fari u piscaturi comu a mmia? Chistu voi pi to figghiu?*

第二年春天我离开了家。除一个装着仅有几件衣服的行李箱外身无长物。家里选定让我去特拉帕尼[1]上学，因为那里和兰佩杜萨之间有航班连接。我上的是科学高中[2]。父亲为我在一位老妇人家里租定了一间房。最初的日子堪称噩梦。女房东冷漠而粗暴，对我当时比小孩子大不了多少这一事实无动于衷。她从没给过我哪怕一个笑容、一个拥抱或者一句安慰的话。房间很黑，气氛阴郁，墙上的灰泥因潮湿剥落。那段时间我一从学校回家就扑在床上哭。无法抑制的焦虑感染了我，每当夜色降临，我孑然一身，没有人说话也没事可做，那种感觉更是变本加厉。我会想到妈妈、爸爸和姐妹们，全家团圆坐在饭桌旁的景象。

我什么活都不会干，连做饭也不会。在一个足有六个女性的家庭里，想摸一摸饭锅都是不现实的。所以，有好几个月我只吃面包和肉罐头，这也是为什么直至今日我在超市看到罐装肉类还会一阵反胃。后来我慢慢学会了做面条、烧一些简单的菜，还不能称为烹饪，但已经过得很艰

---

① 特拉帕尼（Trapani），西西里岛东北部港口城市。

② 科学高中（Liceo scientifico），意大利中等教育学制之一，教授人文和数理科学课程，但人文学科的比重较传统的古典高中（liceo classico）有所减轻。学生一般 14 岁入学，学制五年。自 1969 年起，科学高中毕业的学生可进入大学或其他高等教育机构继续学业。

难了。

　　对我来说这是荒唐的处境：一个人，在自己毫不了解的城市。学校，家，家，学校。每天都是同样的节奏，同样的生活。星期天在特拉帕尼的街道上看着一个个家庭无忧无虑地散步和欢笑，我不禁喉头发紧，接着就无声地哭起来。整日里我什么也不干，除了学习，还有想着什么时候可以回到我的小岛去。

　　或许这么说很奇怪，但身在一个临海的城市，我却想念着"我的"大海。那不是一回事。只有熟悉兰佩杜萨的人才知道其中的分别。我家乡那平坦的土地，被海水紧紧抱住再也拆解不开；还有那些与朋友一起在田野里度过的下午，赤着脚跑来跑去，为那些即兴发明的小游戏玩得不亦乐乎，也同样令我怀念。那些小玩意儿曾给我快乐，而我会想到它们，为了让关在四面潮湿墙壁之间的自己不被悲伤淹没。

　　过了两年，父亲为我找到另一间房，和一家人住在一起。家主纳纳大叔①是个流动小贩。他和他妻子对我比那位老妇人好多了。

　　房子边上有一间仓库放着小车和拉车的驴。每天很早

———————————————

① "大叔"原文为当地方言：*U zu.*

他就要赶小车去一个叫"塞尼亚"的地方，那是个花果园，种有各种蔬菜水果。他把货物装上车，在特拉帕尼市内沿路叫卖。我经常在黎明时就醒了，就和他一起去装货，然后去上学。一点也不累，相反，还是个找活干的好办法。

　　有时候"大叔"会带我去博纳贾①捕金枪鱼的地方，一座微缩的小型海港，渔民们就在那里叉鱼②。一条条巨型的金枪鱼在寻找高温水域的过程中不知不觉落入了精心构筑的渔网阵中，并最终一头扎进了"死亡池"。就在那片水上，专捕金枪鱼的渔民们强壮的手臂跟随着极其古老的捕鱼号子"恰洛玛"（cialome）和最有经验的渔民"雷斯"（rais）③号令的引导，挥舞长长的钩子将浮起的金枪鱼钩住，接着以惊人的力量将它们提出水面。

　　第一次目睹这些，这种人和动物之间的壮烈搏斗，流出的血最后将海水染成的鲜红颜色，还有渔民们精疲力

---

① 博纳贾（Bonagia），在特拉帕尼省海边，是一处 17 世纪金枪鱼渔港（Tonnara）所在地。
② 西西里渔民捕金枪鱼时，把大群金枪鱼用不断收紧的网困住后缓慢将网拉出水面，由四周船上的渔民将出水的鱼叉死，这称为"叉金枪鱼"（la mattanza）。将金枪鱼最后赶入以便围捕的水域称为死亡池（camera della morte），水底铺有渔网，阻止金枪鱼逃脱。特拉帕尼附近海域是西西里传统上捕金枪鱼最兴盛的地区之一。
③ 意为"头子"。

尽的神情，都使我深受震撼。那是令人肃然起敬的壮观场面，让你的肾上腺素水平陡然上升。

那个时期我还认识了我在特拉帕尼唯一的朋友。他叫米开朗基罗。下午放了学，我们就一起到埃里切山上的松林里采松子。我们把松果从树上打下来，掰开，取出松子放着晾干，采上一大堆以后平分。不过，我把自己的那份都给了纳纳大叔，拿去和他的货物一起卖。它们卖得不错，因为采起来很难。算是课余消遣，这样我也能帮这个招待我的家庭一把。

在特拉帕尼我甚至学会了做焊接工。我的住处附近有个铁匠，蒂塔大叔。我常在下午去看他，一点一点学到了他的手艺。不过我那时过于心急，想不到要戴面具保护自己。结果晚上回家时眼睛又红又肿，睡都睡不着，整夜在眼皮上贴着土豆片止疼。我心怀求知的欲望，任何事情都让我好奇，更重要的是，我不愿有时间去想自己那凄凉的处境。

Una scelta definitiva
最后的选择

我一直喜爱打猎。小时候会和朋友们打云雀，用折下的树枝做弹弓。选合适的树枝并不简单，木头必须足够硬，又不至于崩断。这是一门代代相传的学问：大孩子们教给小些的孩子，最妙的是直到今天仍是这样。我们得为自由活动的时间找点事情干，这是我们最喜欢的娱乐。

在兰佩杜萨，晾晒所谓的咸鱼干（i piscisicchi）是最普遍的经济活动之一。把鱼预先放进大缸里装满一种腌渍用的盐水，之后捞出来一条一条头尾相接摆在巨大的帆布上，铺布的地方就是现在的飞机场，那时候还叫"航空用地"，因为只供军用飞机使用。每天早上干活的人们都要铺好上千块摆好了鱼的布，一块挨着一块，铺满整个有着夯实地面的场地。那景象美极了：银白色的鱼在阳光照射下，化为一条粼粼闪光的大河。到了晚上还要把布挪走，免得鱼干受潮。

鱼干要晒上五六个月之久，才会被送去西西里卖掉。表面上看不出来，但这是极其繁重的工作，足以耗尽人的全部精力。整个白天，闻到鱼气味的海鸥会来啄食，看守场地的人要花上全部时间把它们赶走。

对于干活的人来说，另一个危险因素往往就是我们这些到处找云雀窝的小孩。云雀窝很难发现，不过我们还是找到了办法：仔细观察空中那些为了保护孩子在鸟窝上方盘旋的母鸟，这样出手可以百发百中。很多时候鸟窝偏偏就在晒鱼干的场地上，于是我们就趁看守不注意，过去掀开帆布收集战利品。如此一来，我们造成的危害可比那些人人害怕的海鸥大得多了。

成年以后，我仍时常去捕杀那些迁徙时经过本地、长途飞行中暂时停下来休息的鸟。再后来我突然就不再去了，因为一个表面看起来毫无道理的原因。有一天我和朋友去猎鸟，那时兰佩杜萨成为难民的登陆地点已有一段时间了，我也已经做了医生。我选好目标准备射击，却停下了手，一动不动地望着浩荡的鸟群如轻盈的波浪般从头顶经过。我想到它们已经飞越了漫长的路程，还要经过同样漫长的路程才能到达目的地。相似性猛然显现。我想到了"另一种"迁徙，仿佛在眼前的鸟群中看得到那些人的脸，他们冒着千万种风险远行，只为一条生路；他们在这"迁徙"路上失去了妻子、孩子和兄弟。

从那天起我再也没有猎过哪怕一只鸟。相反，每当自己有决定权在别人申请打猎持枪许可的文件上签字，我都会尝试说服对方撤回申请，就此放弃。

又过了几年，发生了一件事，使我重新想起了那一刻。

几乎所有人都记得 2013 年 10 月 3 日的沉船事故①。三百六十八名遇难者，成排摆在兰佩杜萨机场飞机棚里的棺材，死时离海滩、离生路和全新的生活只有几米的距离。然而却不是人人记得仅仅数天之后，10 月 11 日的另一次海难②，因为这一次的死亡数字虽然同样巨大，但并不是在港口边上，而是发生在马耳他周围的开阔海域。

那天兰佩杜萨岛上降落了一架马耳他直升机，载有九名幸存者。诊所仿佛成了激战时期的战地医院。幸存者在轮椅上或躺或坐，挂着输液瓶，盖着毯子。其中一个人刚失去了全部家人，总共二十二个人。他又哭又喊，想要自我了断，没法坦然接受只有自己得救。我们安抚了他，总算让他平静下来。

---

① 2013 年 10 月 3 日，一艘自利比亚出发，载有约 500 人的移民船在兰佩杜萨海域倾覆，致 368 人死亡。船上搭载的主要是来自厄立特里亚、索马里和加纳的移民。

② 这一天一艘搭载至少 480 名叙利亚难民的移民船在距兰佩杜萨南部约 100 公里处倾覆，268 人死亡，其中有 60 名儿童。

　　旁边的轮椅上坐着另外一个年轻男子，叙利亚人，同样挂着吊针。他一言不发，双眼黯淡无光。我试着搭话但无济于事。不远处一名女子抱着一个九个月的婴儿，同样看起来神思恍惚，仿佛人不是在这里而是随着心事到了别处，他抱孩子的方式也十分怪异：一会紧紧搂住，一会又放松下来，像是抱着个包袱一样。反反复复。

　　过了一小时，那男人决心把事情经过讲给我听。女人是他的妻子。船翻的时候所有人都落水了，总共八百多人。他是个游泳好手，把九个月的婴儿包在胸口的毛衣下面，一手拉住妻子，另一只手拉着三岁的儿子，靠躯干一刻不停地游水，拼命浮在水面上。救援始终不来，等待的过程使人精力耗尽。

　　突然之间他觉得喘不上气来了，海浪越来越高，水流越来越强。他不得不做个选择。那是最后的选择，他知道从此他再也不能回头。在生死之间挣扎的时候，他仍要思考，计算，估量局势以做出决定，如果继续前游，四个人都将溺水身亡，沉向水底。于是最终他行动了：他张开右手，放开了他的儿子。他看着儿子从眼前慢慢消失，再无还期。

　　讲话的时候男人流泪不止，我也一样。我无法冷静下来做出回应或者控制自己，觉得自己是失败的。一名医生不该在别人面前流泪，但有时我实在做不到。面对这么多痛苦，谁也不能无动于衷。最折磨这个人的是几分钟后就来了救援他们的直升机："我只要多坚持一会，儿子现在就和我们在一起了。他永远不会原谅我的。"

另一个女人抱着一个两岁的小女孩，孩子一直发出"drun drun"的声音，妈妈解释说她想喝水，但是因为不断呕吐咽不下去。我们费了很大劲给她挂上了输液瓶。女人告诉我们她丈夫还留在利比亚，家里的钱不够三个人一起上船，丈夫决定只把她们送走。再也没有听到过他的消息。

幸存者中有一个小伙子是大学生，告诉我在航行途中曾有一名孕妇阵痛发作。大家问船上有没有医生，一共七个人站了出来，帮助她成功分娩。紧接着船就翻了。他补充说，可能正是由于许多人靠近去看初生的婴儿，导致船体出现不可挽回的倾斜，才造成事故的。

次日早晨，一艘财政卫队的汽船抵达兰佩杜萨，这一次运上码头的不再是幸存者，而是遗体，照惯例装在绿色袋子里，在法瓦洛罗堤上排开。同样是照惯例，为了给自己打气，我在开袋之前绕着每个袋子走了一圈。二十一名遇难者中四个是小孩，男女都有，长得漂亮极了，看上去像在睡觉。我一直说给尸体做检查是令人悲痛的工作，而检查孩子的尸体更是折磨。回到家时我比前一天更沮丧了。

这次发生地离我们不远的海难不断给我们送来尸体。不是数字，而是尸体，以及无数关于本来完好的家庭为了保命逃离战争，却仍在不断失去子女的故事。他们死去的方式就好像铁石心肠的猎手们在黑暗中随意射击着浩浩荡荡的鸟群。

一星期之后我接到一个电话。对方是个意大利语十分流利的叙利亚人，他打遍了兰佩杜萨所有姓巴尔托洛的人的电话，终于找出了我的号码。他询问遇难者或者幸存者中有没有他的兄弟，他们夫妇和四个子女都在那艘沉船上。他兄弟是个医生，和另外六名同事合伙经营一家诊所，后来又和同事一起从叙利亚逃到利比亚上了船。七个医生——那位年轻的大学生讲的，在海上为孕妇接生的，肯定就是他们。过了几天那人寄来了他兄弟、兄弟的妻子和孩子的照片，我认出了其中一张照片里的女孩，那四个装着孩子尸体的袋子，有一个装的就是她。我试着致电马耳他和恩佩多克莱港 ①，寄望于对方告诉我有人活了下来。然而很不幸，得到的答案总是一样的。

---

① 恩佩多克莱港（Porto Empedocle），西西里阿格里真托省一港口城镇。

L'orgoglio del riscatto
得救的骄傲

上完头三年高中之后我离开了特拉帕尼。姐姐恩扎嫁给了一名在港务局和海岸警卫队服役的士兵，他被派到锡拉库萨，我搬了过去和他们住在一起。谢天谢地，我不再是一个人了。

每天我放学回家时，恩扎总是已经把饭做好了，大家围坐在饭桌边上，这对我来说是莫大的快乐。然而即使到了新的城市，我仍像以前一样渴望着大海。饭后，仿佛受到某种迫切需求的驱使，我总要出门走上很远很远的一段路，到主港口的码头上去。

在那里我一待就是几个小时，观察螃蟹、船只，想着我自己的世界，无限怀恋。后来这成了一个令我无法自拔的习惯，即使下雨或者天气寒冷，甚至当我发着低烧，我也照去不误。

姐姐经常责备我说："皮埃罗，你这样会得病的。到时候谁去和妈妈交代？"然而在内心深处，恩扎是理解我的，她也一样思念兰佩杜萨。她知道我不能忍受呼吸不到海上的空气，那是家族血脉的召唤。

　　哪怕海上起了风暴，我也还是喜欢到码头上去。海浪拍击在防波堤上的巨响仿佛为我注入了能量。吸饱了这样的能量之后，回到家我会一直学习到深夜，等待着夏天和假期的到来。

　　十四岁的时候，我像所有朋友一样参加了被称为"游水加划桨"的出海许可证考试，有了它我们才能上捕鱼船。我第一次就通过了，不过这只是兰佩杜萨孩子的正常水平。高中时代，每年还剩一个月课程的时候我就会离开学校，因为我成绩好又很努力，老师们允许我提早回家。同样，我的返校时间也比别人晚一个月。其间的夏天我和父亲一起出海，实际上，我一从返回兰佩杜萨的船上下来，就会直接到捕鱼船上去。整整四个月在海上，晚上经常也不休息。我担任技工的助手，负责照看拉网的小船①，拿的钱和成人一样。收入会分成许多等份，每人根据在船上的工作拿到一份或多份不等。我的那份自然都给了父亲。供我上学家里花费不菲，我自己也该出一份力。

　　一开始我晕船晕得厉害。我不断呕吐，缩进船上最偏

---

① 西西里渔民的一种传统捕鱼方式，将鱼群用灯光吸引到固定水域后，用一艘小船牵引另一端连接在大船上的渔网，绕行水域一周，对鱼群形成包围。

僻的角落，不想被别人看到，不仅因为丢人，更因为不愿让父亲觉得我软弱和缺乏勇气。终于有一天我告诉母亲。她为我准备了一种饮料，煮沸过三十根生锈铁钉的红葡萄酒，据说有"锻炼肠胃"的功效。结果是我大醉一场。母亲又带我去找本地的一个老妇人，是个巫婆一类的人物，她祈祷了一番，盯着我看，摸了我的头、肩膀和骨盆。一段时间后我的晕船病治好了，出海时不再难受，也再不必觉得丢脸。

最初有一次随"肯尼迪号"附属的拉网船下海的时候，我和一个比我大一点的男孩子在一起。发动马达时他的手被点火索绞断了。我看着他的两根手指被齐齐切下，鲜血到处喷涌，一直喷到我的脸上。我没法帮他止住血。那真是骇人的一幕。我关了发动机，立即呼救，但没有惊慌失措。我用那根点火索捆扎他的手臂，免得血液不断涌流造成无法挽回的大出血。同伴丢了两根手指，但是直到今天，他仍感激我使他免于失去整条手臂。后来大学里教我们使用止血带的时候，我不禁回想起这次临时起意的急救操作，带着些许怀旧之情。

在锡拉库萨，我上的是男女混合班，此前我的班里一直只有男同学。因为个子矮，我被安排坐在第一排，边上是一个女孩，名叫丽塔。她长得漂亮极了。我马上向她献起殷勤，但她一口回绝，甚至对我接连不断的追求颇感厌烦。不过，鉴于我表现得十分顽固，她最终还是回心转意，原因是我总能逗她发笑，她觉得我挺好玩的。

丽塔家住在山区小镇费尔拉①，方言叫 A Fèrra，是个建在一座小要塞周围的乡镇。一个星期天的下午，我借了一辆摩托车，在深冬天气中顶着寒冷和雾气骑了不知多少公里的弯弯曲曲根本不是人走的路，花了对我来说有如永恒那么久的时间，终于到了那里。

靠着几个朋友告诉我的信息，我如愿找到了丽塔家门口的小路，隔着玻璃见到了她。她正在刺绣，看起来更美了。一看到我丽塔就跑了开去。我鼓起勇气敲了门，开门的是她母亲。我不知道该说些什么，但是反正我已经到了这里，而且一点也不想走开。这次机会绝不能错过。我做了自我介绍，说我爱着她的女儿，请求她同意我们订婚。她让我进了屋。房间里还有一位姨妈，直盯着我看，眼神说充满猜疑都是太乐观了。这位姨妈把我未来的岳母拉到一边跟她说："这就是那个兰佩杜萨人？小心呀，那里的人都野得很。"② 我又不是从另一个世界来的！

---

① 费尔拉（Ferla），西西里山区小镇，属锡拉库萨省管辖。
② 原文为当地方言：*Chistu è chiddu di Lampedusa? Viri ca su tutti sarbaggi.*

其实，对她们来说，兰佩杜萨的确是另一个世界：那里更属于非洲，不属于意大利，更别提西西里了。不过这样的疑虑没有维持多久。很快她们就像对儿子一样喜欢我了，丽塔也从那时起成了我一生的伴侣，我三个孩子格拉齐娅、罗莎娜和贾科莫的母亲，最重要的是，她成了那个与我分享为一名孕妇接生或者治好一个孩子回到家时的快乐，以及安抚我被迫面对越来越多无辜生命的死亡时的痛苦的女人。

高中毕业后，我和丽塔去了卡塔尼亚进修医学。我不能浪费时间，尤其不能让我父亲浪费钱，所以我逼着丽塔也一起一刻不停地学习。我们一起在学校提供的住处读书，一起通过了所有考试，在同一天获得了学位。我永远忘不了宣布授予学位的那一刻，父亲和母亲的目光，还有他们的快乐之情，目标终于实现，所有的牺牲都得到了回报。宝贝儿子成了医生。他们从此可以自豪地高昂起头，自豪于证明了只靠日日夜夜打鱼挣来的那一点钱，照样可以养活七个子女，并且供其中一个考取学位。

我当然也同样为自己骄傲，因为我向父母证明了他们没有白白为我牺牲，他们押上全副身家的赌局终于大获全胜。每当看到码头上又来了那些所谓的"无监护未成年人"，一个从人性上说很不合适的用语，我都会重新想起这件事。这么多年轻人来到这里，是赌上了全家的救赎之路啊。

一名记者给我讲过，当年地中海还没有深陷战火的时候，他曾经前往对面的海岸，在那些迷失于一片荒芜的村落中收集和整理关于被这些年轻人留在祖国的家庭的故事。有的家庭住着泥巴和砖块搭起的房屋，等待着心爱的孩子们的消息，等上许多天、许多星期甚至许多个月。有的家庭手里只剩下一张张照片，排成一列挂在土坯墙上，上面是比小孩子年长不了多少的笑脸，他们要等到被装进棺材才再次从海中上岸。异常年轻的妻子对着照片哭泣，她们已成独身，和新生儿相依为命。母亲对着照片陷入绝望，她们的儿子是偷偷离家的。

许多村庄成了空壳，留下的只有老人、女人和孩子，仿佛经历了一场战争。但那时的情况还和战争无关：有关的只是极端的贫困，让他们没有东西可填孩子的嘴。这就是为什么每当今日我听到各种访谈节目上说着经济移民和难民的区别，我都会怒火中烧，想把手头的东西到处乱扔。

但是那些村庄里也还是有人骄傲地讲起他们冒险远行

的孩子最终找到了一条不一样的路，有的甚至曾经返回家乡，"回报"当年的"投资"，分享赢得的赌注。

我在码头曾见过无数这样的年轻人，不仅在救助中心，还有在外面镇上。出门走在路上的时候，他们总是特别小心，不去打扰别人，不给别人添麻烦。尤其是在海滩上，他们会刻意远离游客，就好像害怕游客讨厌他们似的。

有一天，时逢夏初，我在圭特加海滩上就遇到一群这些人，那是本地附近一处风光优美的沙滩，常有带着小孩的家庭前往。他们总共约三十人，在一处偏僻的礁石上，聚在一起。

我没法理解为什么他们对大海竟没有憎恨之情，正是在这片海上他们经历了那些可怕的日子，也是这片海吞噬了他们的朋友和家人，把他们与故土隔离。然而后来我又想到，毕竟也是同一片海将他们从死亡、战争和饥饿中拯救出来，给了他们某种希望。

那群人中有一个相貌英俊、身材高瘦的青年，远离同伴，独自待在一边。他一直望着沙滩上那些和孩子玩耍的母亲，潸然泪下。我走上前去问他多大了。"十九岁。"他答道。他告诉我他是从加纳出发的，之后就抽泣起来。"我想我妈妈！走的时候我挺高兴的，这是我和几个朋友的计划，大家都说欧洲棒极了，我们能找到工作，挣很多钱，总有一天能回去让家里过得更好。结果我们经受了地狱般的痛苦。路上糟透了，而且现在我根本不知道该干什么，该去哪儿。他们把我们带走以后会发生什么吗？我们会怎么样？我好害怕。"他绝望地说，"你就是码头上那个医生，对不对？"

我回答说是的，我就是。我不记得他了，我检查过如此之多的人，永远没法逐一记住所有人的长相。

"那你是个很重要的人物了？"

"为什么这么问？"

"因为，如果你是重要人物，你说不定可以帮到我。我想回到妈妈身边和我家人在一起。拜托了，帮帮我吧？"

他边说边哭个不停。我不知如何答复。此前我从未遇到过任何人说想要回头，所以对于能做些什么一无所知。我问了他的名字，但还是告诉他我没有任何权力送他回加纳，我只是区区一个看护难民的医生，绝非权力人士。我能答应他的只有向负责这方面事务的人说明情况。他听懂了，沮丧万分，他本来指望我能够帮他的。我也同样沮丧，因为在这样的请求面前我是如此无力。我试着安慰他说，事情很快都会解决。他一点也不信。我离开的时候他仍在哭泣。

有些年轻人会暴露他们软弱的一面，但也有人奋勇斗争绝不屈服，不惜直面最坏的灾难。

某日码头上来了一艘摩托艇。让所有移民下船之后，由于还有一名青年无法行动，我和几名工人一起登上了甲板。他至多二十五岁，下肢瘫痪，双腿已经失去功能。大家惊讶不已，不知道他为何瘫痪，更不知他如何能够在这种情况下挺过整个旅程。

我们抬着他下了摩托艇，刚打算把他放到一张轮椅上，身后立即传来一声大喊："停，停！"是另外一名移民，比这人更年轻些，他用英语大嚷大叫，打着手势和我们解释："把他放那儿别动！"

那人赶了过来，突然出手，一下把同伴背了起来，回到码头上其他人的队列中去了。我目瞪口呆地看了看和我一起来的工人，请翻译和他对话，这才知道了他们的故事。

两人是兄弟，一起从索马里出发的。年长的那个叫穆罕默德，当年在本国曾在一次交火中受伤，从此瘫痪了。尽管如此，穆罕默德仍决定出逃，力争与弟弟哈桑一起抵达意大利。

哈桑把穆罕默德背在背上走了整整一路。两人一起穿越沙漠，到达利比亚，最终上了船。那些移民贩子无数次嘲笑过他们，哈桑甚至因为死脑筋、不愿抛弃残疾哥哥险些被人杀死，但他们一刻也没有分开过。即使现在安全了，他仍不愿与哥哥分开。两人可说已经成了一对共生体。哈桑精疲力尽，却不肯表露出来，反而在安慰穆罕默德，后者低下的头这时就枕在他的肩上。

几天之后我又见到了这两人，他们正在等船载他们离开兰佩杜萨。还是那个姿势，一点没变。哈桑看见了我，做了个手势，好像是说："医生，你看啊，我们俩自己能行，用不着别人帮忙。"

我立住脚望着他们。确实如此。两人仿佛合二为一，一具身体长着两个头，作为单一实体存在着。

我想到了马丁·路德·金说过的话，幸运的是他们俩似乎成了反证。"我们学会了像鸟儿一样飞翔，像鱼儿一样游水，却没有学到作为兄弟共同生活的简单技巧。"穆罕默德与哈桑正是兄弟情谊、忠诚品格、牺牲精神、全心付出的立体化身。一种无止境的利他主义的象征。

Ritorno a Lampedusa
回到兰佩杜萨

　　我和丽塔毕业之后就结了婚。1984 年 5 月，我们的第一个孩子格拉齐娅诞生了。丽塔成了血液科医生，我在妇科。为从事这样的职业我们作出了很大牺牲。女儿留在费尔拉我的岳父岳母那里，彼此只有周末才能见面。我还得经常开着一辆在我眼中相当于法拉利跑车的菲亚特 500，沿着最多算是给骡子走的山路，从费尔拉赶去恩佩多克莱港，再从那里搭船到兰佩杜萨，我在那边开了一家小小的诊所。第二天我还要赶回来。

　　丽塔一家已经成了我的亲人。我的岳父西西奥在乡下有一大块地，离住着人的小镇中心很远。他种植小麦，养牛，挤奶，做软奶酪和干酪，每年都要赶着小牛犊去集市卖掉。靠着这些他供养妻子和孩子。

　　认识丽塔之前，我对这种生活一无所知。很快我就明白了农民和牧民的生活一点不比渔民轻松。母牛每天都要挤奶，没有周末和假日的说法。每天早上天刚亮时，月亮还挂在空中，西西奥就要备好他那匹叫贝托尔多的骡子。

他把岳母做的吃食装在几个篮子里带上出门。天气好的时候，到田里要花上两个半小时；如果下雨，路可就太难走了，沿途都是崎岖的小道，还要穿过三座山谷。每天如此，发着高烧也一样。西西奥随身总带着一把巨大的伞用来挡雨，但作用有限。他还得涉水通过两条河，到了冬天水位上涨，河水直往衣服里钻。有时他过于疲惫，干脆在骡子背上睡着了，不过贝托尔多记得住路，所以总能把他驮到目的地。

直到严寒将他吞没，渗入骨头，西西奥才带着一双皲裂的手回家，指节开着口子，不断出血。这时我岳母给他盛出满满一勺橄榄油，他把油加热到开始沸腾，然后缓缓滴到伤口上。一处滴完再滴下一处。这样造成的深度烧伤能帮助伤口愈合结痂。那是极其痛苦的疗法，每次经受这一套的时候，他的面部都会因痛苦而扭曲成可怕的怪相。

他总是黄昏时回家，一吃完晚饭，就精疲力尽地躺到床上。在他那里不存在娱乐、假日、休整，只有劳作，别无其他。

夏天的时候，如果不回兰佩杜萨，我会和我岳父一起下地干活。我就是这样学会了收割小麦。我们把割下来的麦子捆成大捆，用骡子驮到打谷场，再把脱下的麦粒运回镇上。一部分卖掉，另一部分贮存在谷仓中。每过二十天我们用口袋装好麦子送去磨坊，磨坊主再把面粉和麸皮拿给我们。麸皮拿来喂鸡和其他动物。至于面粉，每星期我岳母都要用烧柴的炉子烤一次面包。我也跟着学会了揉面，面包从炉子里拿出来之后，我还负责把它切成大块再浇上油和盐。我从来没有吃过这么好吃的面包，可以品得出土地浑厚的滋味。我学会了挤奶，甚至做奶酪，一套漫长又复杂的流程。一个如此迷人的世界。

为了让我知道这些劳动多么繁重，西西奥带我下地的时候总是徒步过去。当我们这边田野的草已经被吃光，就要把牲口赶去另一个地方，一座巨大的山谷，四面都是荒野。同一时节，年年如此。这就叫作转场。我岳父在食篮里装上足够吃一个月的食物，骑上贝托尔多，赶着牲口上路了，到达目的地要一天半的时间。山谷里空空荡荡，连一座小棚屋都没有。西西奥就睡在大树下面，让牛挤在他身边，多少可以沾到一些热气。只有他自己，四周一个活人也见不到。白天时太阳暴晒烧伤他的皮肤，夜里他的衣服浸透了露水。

有时候，如果碰上我在转场的日子里去费尔拉，我就让岳母给我带上现做的新鲜面包和一些能配面包吃的东西去找他。我们一聊就是几个小时。他是个有智慧的人，把自己的全部生命都用来劳动，为的是让家人过上像样的生活。而他的家人也包括了我。他从不把我当作女婿，而是当作第三个亲生孩子，为此我将永远心怀感激。

我在卡塔尼亚的同学都是优秀的医生，他们不仅才华出众，而且坚定又充满热情。如果我留在当地，如果有更多的时间投入医学研究，或许我也能做出一番事业。我的同学后来全都成了主任医师。然而我当时没有这样的时间。我必须工作挣钱。所以我又回到锡拉库萨，在一家私人诊所找了一个位置。后来我做出了选择。相当艰难，尤其是对丽塔。我们搬回兰佩杜萨，两人都顺利找到了工作。

事实上，我自己想回到我的小岛，只是因为我的一切都从那里开始，也理应回归那个源头。因为我想要做兰佩杜萨人的医生，做他们中的一员。也因为那里有太多东西需要规划、需要改进、需要建设。但是对丽塔来说完全不同。仅仅适应小岛生活就很不容易。如果不是土生土长，你很难完全接受那些地理限制、季节变化和思维方式。兰佩杜萨夏天风光秀丽，冬天却很可能变成一座你只想逃脱的监牢。如果喜欢电影、戏剧、音乐，你就得忍受一种精神上的流放。还有一点，可能是最重要的一点：丽塔很清楚这样一来，我们的孩子注定要像我一样在童年离家继续学业，在年龄尚小时就与我们长别。对她来说，这是最难接受的一件事。

　　不过，有一个小插曲使我特别意识到回家的必要性。那是 1986 年 4 月 15 日，当时我在卡塔尼亚一家私人医院工作。作为主任医师的助手，我们刚刚做完一台剖腹产手术，这时我透过手术室的玻璃，注意到医院的一位管理人员正向我投来充满焦虑和担忧的目光。

　　她打手势叫我出来，我告诉主任医师说我要离开一会，走了过去。"医生，兰佩杜萨似乎出了很严重的事情，"她说，"请您看一下，TG1① 有一档特别报道。"新闻频道的主播恩里克·门塔纳正在宣读："据罗马消息，一艘利比亚摩托艇在距海岸四英里的位置向美方使用中的通讯设施射击，该设施位于兰佩杜萨岛上。"

　　我开始不断给家里打电话，一直占线。终于电话另一头传来了接通的声音。接电话的是我母亲。

　　我焦虑万分："妈妈，到底发生了什么？"

　　"我们听到轰隆一声，"她回答说，"但是这边完全搞不清楚怎么回事。"

　　我坐上最快的航班飞回岛上。射击的根本不是什么摩托艇。4 月 15 日下午差几分五点的时候，利比亚当时的统

---

① TG1（Telegionale 1）是意大利国家电视台（RAI）下属的一个新闻频道。

治者卡扎菲下令向美国海岸警卫队的远程无线电导航台站发射了两枚导弹。这是为了报复美军此前强力空袭的黎波里的军事行动。幸运的是，利比亚的导弹落入了海中，除了使兰佩杜萨人高度恐慌之外没有造成别的后果。

　　早在当时兰佩杜萨市长就曾建议我回来担任一个政府机构的职务。两年后我确实这么做了。1988年我加入了市政府，担任副市长并分管公共卫生工作。那是我生命中最紧张刺激的一段时光，正是在那时我们成功为兰佩杜萨争取到了航空急救以及随后的直升机急救服务。在那之前，岛上只有一支医疗卫队和几个经营专业私人诊所的专科医生。慢慢地我们建起了自己的门诊部和急救队伍，那时我绝不会想到这支队伍会变得如此重要。副市长任期五年后结束了，但是我为改善兰佩杜萨和利诺萨岛公共卫生设施的努力仍然继续。

　　我们搬回兰佩杜萨的时候格拉齐娅两岁半。丽塔找到了一份化验室主任的工作。这样的机会不容错过，我们必须马上行动。那是岛上唯一的化验室，原先的负责人要回阿格里真托，无法继续这边的工作了。

　　我妻子将我们的决定通知家人的那天晚上，她母亲惊跳了起来，但什么也没有说。几分钟后，隔着她的卧室门板，我们听到了抽泣的声音。她大哭了一场。我们，或者说我，夺走了她的一个女儿。不是说丽塔，尽管别人可能这么想；而是因为我们要带走格拉齐娅，是丽塔的母亲把她带大，抚养她，疼爱她，我们夫妻早先在卡塔尼亚上学、后来在锡拉库萨工作期间，丽塔母亲的所有时间都给了她。我们给她带来了巨大的痛苦。没有她的小宝宝、小姑娘，她的日子还怎么过呢！

从费尔拉启程那天，汽车里塞满了行李，我们打算和全家道个别。时间已经迟了，我们可能赶不上去恩佩多克莱港搭乘开往兰佩杜萨的船。丽塔叫了一声："妈妈。"一片安静。"妈妈，已经很晚了。"还是安静。我们到处找，找遍了每个房间、花园、路边，一无所获。她是出门去了，这次离别让她承受不了。仿佛我们硬把格拉齐娅从她怀里拽了出去。最终出发时我们还是没能与她告别。对丽塔来说，前往恩佩多克莱港的旅途令人肠断。为了不吓着格拉齐娅，她只好无声地哭。她即将与她的故乡、她的根基、她的家庭永别了。

我妻子相当熟悉兰佩杜萨，她还是我的未婚妻时就多次走访过我的亲人。轮船靠岸的一刻，她还是被一种深沉的悲伤淹没了。我们受到了我全家人的盛情款待，但她仿佛变了个人，眼神黯淡，说话低沉。我的姐妹们很是担心。"丽塔，怎么啦？你不舒服，路上难受？"她一句也答不上来。

我们是夏天搬家的，一起上路的还有我们的朋友，一对从卡塔尼亚去兰佩杜萨度假的夫妇。到了他们要走的时候，丽塔开始像着了魔一般反复问："你们还会再来的，对吧？你们不会把我们两个人丢在这里。兰佩杜萨并不远，不算什么。坐个飞机就到了……"这只是她说服自己，相信我们与世界还不算太过隔绝的方式。

冬季的星期天，丽塔有时会叫我开车带她出门转转。我们先去波南特海角，再到法兰西斯湾，然后接着开到格雷卡海角①。再然后就没了。完全没有别的地方可去。你可以在岛上兜个十圈，但也只能看到这么多。这让丽塔十分痛苦，我也心知肚明。这种时候我总是深深懊悔当年让她被迫搬来此地。尤其是每当我们前去看望她的亲人，乘机从西西里岛返回的时候，她的神情就更加失落。遥望地平线，我们的小岛只是勉强能够看见，对她来说那只是手帕大的一点土地，太小太小了。

唯一的消遣只有工作。然而实验室事务的管理从一开始就非常繁难。那时候与现在不同，样品要一个一个分

---

① 波南特海角（Capo Ponente）、法兰西斯湾（Cala Francese）和格雷卡海角（Capo Grecale）都是兰佩杜萨海滨的观光胜地。

析。过程也并不简单，往往要花上几天时间才能拿到结果。丽塔比在锡拉库萨时负罪感更强了，她和格拉齐娅一起度过的时间实在太少，为此她内疚万分。

终于，一个星期六的早上，生活向她露出了微笑。她正在晾衣服，电话响了。是他母亲。"丽塔，你父亲已经退休了，如果你觉得合适，我们打算也搬到那边去。以后我陪着格拉齐娅，你就可以安心上班了。"我妻子一跃而起，好似刚中了彩票。她在家里跳起舞来。又是哭又是笑。她终于可以不那么自觉孤单了。

但是快乐并没有持续很久，丽塔在做出这个我们一生最激烈的决定之前就已预料到的事情还是发生了。

格拉齐娅提前了一年上学，这在当时叫作上提前班。到她十二岁半的时候，我妻子的噩梦成为了现实。我们的女儿必须离开我们，去巴勒莫上更高级别的学校。丽塔和我一起陪她到那家修女管理的学校去的时候，格拉齐娅哭了起来，她旁边的母亲也一样。宿舍是巨大的房间，所有女生都睡在一起。房间并不暖和，甚至可以说相当冷。完全就是字面上女寄宿学校的样子。

格拉齐娅不愿留在那里。"妈妈，带我走，我想回家！"一出悲剧。我们离开她的时候三人眼里都含着泪水，丽塔后来又连续哭了十五天。下班刚一回家她就哭起来，哭个不停，而且接到格拉齐娅的电话越多，越是哭得厉害。最初我们两个月和女儿见一次面，后来就只有复活节、圣诞节和暑假才会见到。

那是巨大的痛苦。第一波。四年后轮到为我们的二女儿罗莎娜做出同样的选择。再过四年又轮到了我们唯一的儿子贾科莫。每次分别都是折磨。有一天丽塔对我说："我已经没有眼泪了。全都流干了。"

不过，每年总有一段快活的时候。通常是费尔拉的主保圣人圣塞巴斯蒂安的节日。我们和我岳父岳母一起从兰佩杜萨启程回到他们的家乡。丽塔的兄弟，我的小舅子，也要从锡拉库萨回老家来过节。我们会一起住上几天。

我岳母像过去一样在炉边忙碌，仿佛回到了当年。那些日子美好极了，聊天、嬉笑、玩耍，大人和小孩一起。忧愁飞走了，留下的只有终于团聚的喜悦。那时候我总是重新想起费尔拉对于我、对于我们的非凡意义。

Ciò che capisce un sindaco e non i «grandi» della terra
一位镇长懂得而"大人物"不懂的事情

"医生，船上有一名孕妇，已经出现阵痛了。"我马上奔去码头把她送到诊所。检查完毕，毫无疑问，必须用直升机载她去巴勒莫。她的分娩可能相当烦难，我们不具备应对可能的并发症的条件。和孕妇一起来的还有她丈夫和其他七个子女。我跟她说这么多人没办法一起走，家人可以明天与她会合，她必须立刻出发，不然不仅孩子保不住，她自己也有生命危险。但是她不愿意。她说经历了所有那些事情以后她再也不会与孩子分开，无论付出什么代价。甚至丈夫劝她也无济于事，孕妇的决心之坚定实在惊人。我们不知该怎么办，而且已经没有时间了。再拖延下去，她可能在我们眼前死去。

我找遍了知道的所有门路。直升机不够用，他们人太多，一次是上不去的。仿佛有一只沙漏在我眼前浮现，沙子飞速流动着。就在我已经对解决问题陷入绝望的时候，意料之外的方案出现了：一架归属内政部的军用飞机可以送他们过去。这个女人胜利了，她的固执帮助她达到了目的。她的家庭再也不会分离了。她拥抱了我，褪去强硬的外表，对我露出了感激的笑容。

我们的目标之一，就是避免拆散抵达的难民家庭，并且尽量使那些已经分散的家庭重新团聚。

那件事过后一段时间，我接到一个电话。对方是马多涅山 ① 里的一个小城镇，杰拉奇西古洛镇的镇长。出于命运的某种巧合，他的名字正好和我的姓一样。"我是巴尔托洛·维耶纳，"他如是说，"抱歉打扰了您，但是只有您能帮助我。"这成了一段延续至今的友谊的开端，并且为一件事情带来了出人意料的美好结局。

有二十四个叙利亚人——来自同一个大家庭，有男有女还有小孩——在利比亚一起上了难民船。到了海上，需要从大船换乘小船的时候，因为空间不够，蛇头只放行了他们中的一部分。余下的人被送回了利比亚，其中的一个小女孩就这样被迫和父母分离了。所幸还有个叔叔和她在一起。

得以继续前进的第一拨人半路被一艘海军军舰截住，先是送到了拉古萨省的波扎洛 ②，接着转移到杰拉奇一所针

---

① 马多涅山脉（Le Madonie）在西西里岛北部。
② 波扎洛（Pozzallo），位于西西里岛南端，是拉古萨（Lagusa）省的一个市镇，西西里主要港口之一波扎洛港所在地。

对申请庇护的难民的收容中心。又过了几天，那对和女儿分离的父母把他们的经历告诉了镇长。这两人的经历可以说是双重的倒霉：不仅女儿不复留在身边，而且各人仅有的一点财产在军舰上也全数丢失了。后面这件令人遗憾的事引发了随后的司法审判，所有每天累死累活在海上拯救生命的军人闻之无不愤怒。

　　幸运的是那个带着小女孩的叔叔设法通过一部手机联系上了他们，并且通知说他已被送到了兰佩杜萨。巴尔托洛·维耶纳听说之后便去找本地人员的联系方式，最后找到了我。我立刻动身去难民接待中心开始寻找。并不容易，因为那些日子住在中心的难民足有数百人。叙利亚人被统一安排在外面树林中的几个大帐篷里，因为里面实在没有地方了。在文化翻译的帮助之下我说明了来意，并描述了女孩的长相。虽然不无波折，但我还是找到了她，并且设法打通了从兰佩杜萨到杰拉奇的路，帮助她回到了家人身边。他们的落脚之地，根据巴尔托洛·维耶纳几个月后告诉我的说法，是荷兰，至少目前是这样，因为他们最大的希望仍然是战争尽快结束，让他们返回叙利亚的家园。其他数千个家庭，数千名医生、建筑师、工程师、教师、工人和学生，也都是这样想的。难民都是这样想的。这是他们的身份。

杰拉奇西古洛这样一座小镇的镇长完全明白这个道理，所以那时他竭尽全力帮助一个落难的家庭；我们至今仍和他们保持联系，追踪他们的现状和生活。然而世界上的"大人物"似乎并不明白。

当我看到被拒绝入境的难民照片，几千人被无情地驱赶掉头，被送回到那个他们拼尽全力逃脱的地狱，我流下了愤怒的泪水。你怎能在一张纸上签个名就决定几千个活人的命运，紧接着就在记者和摄影师面前摆出微笑的姿态？我们已经成了什么样的人啊，竟能以这种方式抹去记忆？

«Te la sei cercata»
"自食其果"

一共五百人。都在同一条船上。我到了码头开始检查。几乎人人都有疥疮。如果谁像他们那样，上船之前不得不在利比亚停留好几个月，住在潮湿的棚屋里，睡草垫，盖的是长满虱子和疥虫的被单，那得疥疮只是小意思。疥虫会在你的皮肤下面钻来钻去挖出隧道，逼着你一刻不停地抓痒，尤其是晚上。抓得越狠，伤得越厉害，伤口还会感染，带来双倍的痛苦。

疥疮患者以往并不少见，但这次实在是数量惊人。其中有一对厄立特里亚夫妇，如此严重的病例连我也是第一次见到。两人的手上盖满鳞片，不断抓挠，根本停不下来，就好像身上的皮肤不是自己的一样。我们把他们送到难民接待中心，用了一种极其强力的药物，第二天接着用药，第三天又用了一次。药物是苯甲酸苄酯涂剂，这种药效果骄人，但剂量上要特别小心。最后的方案是我定的，冒了很大的风险，因为剂量确实太高了，但病人的感染实在太严重，要想根除它我们别无选择。

　　我们的工作就是时刻承担责任。做医生的人，如果不能接受随之而来的风险，那还是改行的好。我们面前没有捷径，必须有足够清楚的头脑来决定何时、怎样行动。一旦下了决心，回头是不可能的。

　　过了两天我又去了接待中心，检查用药的效果。被身份确认和证件查验之类的程序拦在入口处的时候，我远远地看见一个小伙子和一个姑娘朝我走了过来。走到面前，小伙子跪了下来向我致谢，并且哭着吻我的手。我一头雾水。"起来，你在干什么啊？"

　　"终于，我和妻子经受了七年的磨难，如今终于可以安心休息，晚上可以睡得着了。"是之前身上长满鳞片的厄立特里亚夫妇。

　　我心想：没有人同情过这些人，就连疥虫也不饶过他们。我和两人拥抱之后离开了。没必要做其他检查了，药物显然效果良好。

　　"皮埃罗，快来浴室一趟啊。"某一天，我正躺在沙发上打盹，丽塔焦虑的声音惊醒了我。最近一批难民下船后我在码头上工作了很长时间，本想回家休息片刻。半梦半醒的蒙眬状态中，丽塔的声音吓得我跳了起来。"女儿便血了。"我的心往下一沉。我的二女儿罗莎娜出生时有先天性心脏病，几个月大就做了手术，一直是家里的重点保护对象，哪怕一次普通的流感也足够让我们忧心如焚。我们立刻乘时间最近的航班去了巴勒莫，带她去了医院。医院接诊后给她做了若干项检查，但却找不到出血的原因。

我们又搭乘了一班飞机，这回目的地是罗马，焦虑之情与时俱增。我们把她送去一家享有盛名的儿科医院。一无所获，医生找不到任何头绪。十五天过去了，诊断还连影子都没有。女儿那时候五岁。专家们无所适从。后来我和丽塔有了一个想法。我们找到医院的医生，请他检查一下孩子的粪便，但他回复说没有必要，要我们不必担心，迟早能查出结果。作为医生，身处同行中间，眼看着女儿一路衰弱下去却无力作为，再也没有比这更糟的经历了。

我们最终说服了一名护士偷偷收集了一小瓶粪便样品。我带上罗莎娜的便样，去了一家专做热带疾病检测的实验室。那里的女医生十分热情，对我说："交给我吧，有了结果我就给您打电话。"我还没有来得及走完三层楼的楼梯，刚出大门，就听见她在阳台上叫我："医生，请您马上上来一下。"一眨眼我就冲了上去，心提到了喉咙口。

她把我带进观察涂片样品的房间，来到一架显微镜跟前。"您仔细看这个。这种小棉球似的东西，看到了吗？

贾第虫。"我很清楚贾第虫是什么，大学时上课学过，一种小肠寄生虫，我女儿便血就是因为它。我和丽塔的判断是对的，我们的怀疑不是没有根据。几乎可以肯定是某个下船的难民把寄生虫传染给了我，我没有表现出症状，却又传染给了罗莎娜。在那些输出难民的国家中，好几个国家的贾第虫病非常普遍，因为这种寄生虫是在不洁净的水源中繁殖的。

谢过这位同行，我一路赶回医院，心情大好。终于找到了这次出血的病因，而且并不严重。我把消息告诉丽塔，彼此紧紧拥抱在一起。之后我跑到女儿正在上面玩耍的病床前，不顾一切地把她亲了个够，就像分别了一个世纪那样。突然之间大家的心情变得前所未有地轻松和愉快。第二天我们就回了家，药已经装在衣袋里了。

罗莎娜的身体恢复神速，那二十天只是一段不愉快的回忆而已。然而和朋友熟人说起那件事的时候，我往往察觉到对方表现出一种有些怪异的态度。就好像他们在想"你是自食其果""有谁逼着你整天围着那些可能传染疾病的人转啊？"。遗憾的是，我注意到随着难民的数量不断增多，许多人都逐渐养成了这一观念，而掌握信息的不足乃至肤浅也帮了倒忙。许多母亲出于恐惧不愿把孩子送到难民接待机构附近的学校，甚至为学校教室下午被用来作为难民上课的教室而大闹起来。

这一切不仅愚蠢，而且从伦理上说也是不可接受的。的确，难民中疥疮发病率不低，但患病的人早在最初被接待中心收容之前就接受了治疗。数据表明，肺结核之类其他传染病非常少见。只要我们忠于医生的职守，及时关注特别严重的病例，就足以避免传染。和我们对意大利病人做的事没有任何区别。我们不能也不应该被恐惧支配，而应该向他们开放我们的港口和家门。我和丽塔这样做过，以后也仍然会这样做。

Omar che non si ferma mai
无法安定的奥马尔

那是 2011 年。"阿拉伯之春"正值高潮，我们这里的春天却迟迟不到。即使已经 3 月，兰佩杜萨的天气依然寒冷。几天之内就有超过七千名难民靠岸。码头上寒气侵入骨髓。救护车在码头和诊所之间一刻不停地往返，我们夜以继日地工作。这批难民大部分来自突尼斯，沙滩、海湾、田野，到处都是他们的身影。有一天我收到兔子岛 ①发来的信号。一批难民成功靠岸之后就走散了。只有一艘船舱底还剩下一个小伙子，名叫奥马尔。他的状态糟透了：脱水，虚弱，发着高烧，过高的体温使他的身体抽搐不止。

我马上带他去了诊所，给他挂了一个吊瓶补充水分，但效果有限。他实在太虚弱了。我呼叫了急救直升机，将他送去巴勒莫的医院。足足过了十天他才能下地走路。奥马尔没有像别人一样逃走，去德国、法国、荷兰，而是

---

① 兔子岛（Isola dei conigli），兰佩杜萨附近的一座微型小岛，系广受欢迎的旅游胜地。

决定回到兰佩杜萨。我还记得把他领进门的时候，就像昨天一样。他已经恢复了十七岁的健康和英俊，简直像换了个人。

兰佩杜萨一个家庭慷慨施以援手，收留他在家中居住。但是过了几个月，家主就给我打了电话："皮埃罗，我很抱歉，我们没法留下他了。这些日子我们家情况很不好，养活自己的孩子都很困难。实在没办法。"于是我和丽塔决定让奥马尔住在我们家。他在这里住了几个月，但不愿意给我们造成负担，想要自立。我们联系了几个罗马的朋友。奥马尔在罗马拿到了高中文凭，做了翻译。

又过了将近一年，他又回到兰佩杜萨，在难民接待中心找了一份工作。奥马尔聪明能干，会说好几门语言。问题在于他不愿服从权威，而且始终站在难民而非官方的立场上，站在那些像他一样饱经苦难的人一边。任何一点对难民无礼的言行，或者接待中心管理者的工作失误，无论多么微小，他都不能忍受，然而管理这样一个问题丛生的机构是很难的。有好几次他甚至自己带领难民反抗示威，只为了多要一份饭食或者一条被单，或者为了让他们自由离开兰佩杜萨另谋出路。

接待中心的主任多次打电话给我，说："再这样下去我们就开除他了。"我想和奥马尔解释他必须接受现有的等级制度，他应该理解管理数千人的工作难度，他却毫不犹豫地回答："你知道那些人的感受吗？你曾经作为不得不被收容的一员在那里面待过吗？我就是无法接受滥用职权的事，哪怕只有一点点。请你理解我吧。"我理解他，但却不能说他是对的。那样只会激化矛盾。丽塔也试着劝过他。

　　两年后奥马尔辞职了。因为没了工作，他打算离开兰佩杜萨另找一份工作，他需要挣钱。他的家庭背景我们是后来才知道的。奥马尔是孤儿，从小被一个穷人家庭收养，住在突尼斯离斯法克斯港不远的一个小镇。养母对他十分钟爱，他愿意为她做任何事。后来有一天养母被发现得了乳腺癌。治疗的费用太高，她负担不起。为此奥马尔决定离开家去意大利，找一份能赚钱的工作寄钱回家。他的确做到了。他自己从来只留很少一点钱，剩下的都装在信封里寄给了妹妹，用来给母亲治病。

　　奥马尔还住在我们这里的时候，有一天收到一封斯法克斯寄出的信。他立刻有了一种不祥的预感，甚至不想拆开来看。他把信扔在桌上，跑出屋子大哭了一场。是丽塔把信拆开的，奥马尔的预感没错：他的母亲已经去世了，治疗没有挽救她的生命。我妻子到外面去找他，把他紧紧抱在怀里。她还让他在沙地上坐下来，坐在她身边，她摸着他的头，就好像怀里的人还是个小孩。慢慢地抽泣声停止了。奥马尔在丽塔臂弯里睡了过去。十九岁的他找到了一位新的母亲，然而直到今天，谈起他的突尼斯妈妈，奥马尔还是忍不住自己的眼泪。

他和我们一起住了很长时间，始终不能让自己安定下来。我们曾经帮他在米内奥①一家申请庇护人员的收容中心找到了位置，结果比在兰佩杜萨还糟。他受不了那里部分工人的欺压，还有他们那往往过于浅薄和缺少同情心的态度。米内奥的人也不断给我打电话："巴尔托洛医生，如果一直这样下去我们只好让他走人。"我请求他们耐心些，虽然我已经明白这无济于事：奥马尔永远不会服从，因为他忘不了他自己经历过的事情。

他只能站在那些被关在收容中心里的人们一边，那些人渴望逃离，因为他们急于到别处找到一份工作，寄钱回家或者保障家人过上正常的生活。离开米内奥之后，奥马尔重新回来和我们生活了一段时间，后来他决定到德国去。一天那边的人把他截住了。他不是偷渡客，他有居留许可，但是是意大利的许可而不是德国的。奥马尔被驱逐出境。在芬兰也是同样的遭遇。他被赶了出来。一体化的

---

① 米内奥（Mineo），西西里卡塔尼亚省市镇。

欧盟在哪里？一体化的是国境和围墙，不是人民。马耳他、瑞士，奥马尔不断流浪，寻找一份新的工作，更重要的是寻找一个新的身份，一种不再带有哀伤和愤怒印记的生活。我知道他还将回到我们身边，一次又一次，而我们永远无法将他束缚起来。

La crudeltà dell'uomo
人类的残忍

　　如果难民诊所的围墙会说话，它们讲述的将是一个我们已经读过的故事，只是我们忘记得太早了。2015 年受邀前往波兰领取塞尔吉奥·比埃拉·德梅洛奖的时候，我斗胆提及了埃利·威塞尔的故事，那是他自己在自传性作品《夜》中讲过的：他被送进奥斯维辛、布纳和布痕瓦尔德集中营的经历，他是如何在那里失去了自己的身份，沦为一个数字。"我永远不会忘记那天夜晚，"他写道，"那是在集中营度过的第一个夜晚，它把我的整个一生变为了漫漫长夜，被七层夜幕包裹的长夜。我永远不会忘记那些烟云；永远不会忘记那些孩子的小脸，他们的躯体在岑寂的苍穹下化为一缕青烟。"

　　我引用这几句话，是因为它们离我们身处的现实并不遥远。

　　有一次，在检查一批登陆的难民时，我见到了大约六十个男孩。全都瘦得皮包骨头，身体脱水，忍饥挨饿，渡海期间船上油箱漏出的燃油浸透他们的衣服，在身上留下了无法褪去的烧伤。他们总共坐了七天所谓的"三等舱"，也就是把那些没钱买到上层位置的人全塞进底层货舱里。在他们的身体上，看得到拷打留下的伤痕、匕首刺出的伤口，还有监狱看守用烟头烧出的痕迹。利比亚监狱就是新时代的集中营。这些难民横过沙漠和海洋时，路上的条件比当年运送犯人前往集中营的死亡列车好不了多少，而今日提出在边境建起高墙和驱赶难民的人，其行为与那些汉娜·阿伦特称为"平庸的作恶者"的希特勒帮凶也没有多少差别。放任数千名儿童死在海上，或者使他们生活在难民营那种非人道的环境之中，这样的残忍并不比纳粹逊色。

后来遇到的两个对我很重要的人进一步巩固了我的信念。第一次相遇发生在兰佩杜萨，那时难民收容诊所已经不仅是一个医疗机构，而是越来越成为冲突和争斗的焦点。大概是2014年年中，波兰记者和诗人雅罗斯瓦夫·米科瓦耶夫斯基（Jarosław Mikołajewski）出现在我的房间。我马上和他聊了起来，自己也不知道为什么。我开始对他讲述，表达我对一年前的10月3日，以及之后一直在发生的种种惨剧的愤慨之情。我没有漏过一点细节。我希望他返回祖国的时候能够沾染一点我的愤慨，但这还不是唯一的原因。

我们之间似乎存在一种谐振，一种共情。我不知道如何解释，因为我们才刚认识半个小时。后来他曾给我写信说："尽管出身、经历并不相同，我们对彼此却有一种裸裎相见、出自本能的兄弟之爱；这是一种确认，确知我们同是人群中保有人性的人，确知我们要引导别人跟在我们身后。"

2015年，我去克拉科夫 ① 领德梅洛奖 ②，雅罗斯瓦夫带我去逛城里的酒吧。我们去了最有名的一家"阿基米亚"，就在卡齐米日的犹太社区，喝了伏特加。店里的气氛如梦似幻。平生第一次我仿佛身处与世隔绝之地，没有电话，没有一个接一个来自码头的召唤。时间突然停止了。是雅罗斯瓦夫让它停下的。

第二次相遇正是在克拉科夫，由雅罗斯瓦夫促成。在当地犹太社区的中心奥斯特里亚旅店，我们和最后一位"克莱兹默" ③ 音乐家利奥波德·科兹洛夫斯基（Leopold Kozłowski）坐到了一起。他是乐师、作曲家、歌手，导演

---

① 克拉科夫（Cracovia），波兰城市，城中的卡齐米日（Kazimierz）街区为著名的犹太人聚居区，现为该市主要旅游景区。
② 塞尔吉奥·维埃拉·德梅洛奖（Premio Sérgio Vieira de Mello）以2003年在伊拉克运河酒店爆炸事件中遇难的巴西籍联合国外交官德梅洛命名，颁发给在推进人权、民主和多元包容方面有贡献的人士。
③ 克莱兹默（Klezmer）是东欧犹太人的一种传统音乐形式。

史蒂文·斯皮尔伯格曾邀请他出演那部关于奥斯卡·辛德勒的电影。

雅罗斯瓦夫向科兹洛夫斯基介绍了我的身份和工作。这位音乐家先是盯着我看，接着他也被同样的共情感染了，对我说起许多他平时——雅罗斯瓦夫告诉我的——只有遇到与他自己一样具有仁爱之心的人才说的事情。他说纳粹占领波兰期间，他曾目睹母亲被割头的尸体，曾经目睹克拉科夫的犹太社区整个死去，他失去了一切。"我说一切，"他坚决地向我强调，"意思就是一切。所有的一切。"他说战争期间他曾有整整两年在集中营，为那些即将被处死的囚犯奏乐，陪伴他们走完最后的路；他说他同时也被迫为纳粹服务，为他们演奏；他说音乐曾一次又一次救他逃脱必死的命运。这位既瘦小又强大的九十六岁老人，就这样讲了一个骇人听闻而又令人痛彻心扉的故事。

"皮埃罗注视着年老的克莱兹默乐手。"雅罗斯瓦夫后来在一篇纪念这一时刻的手记中写道，"不，这位乐手与其说是年老，不如说是古老，如同这个被拣选承受永恒苦难的古老民族一样。此时医生脸上的神情，就像临终前来到圣彼得广场阳台上，却已经没有力气向世界致意的教宗若望·保禄二世。利奥波德立起身来握住皮埃罗的手，毫无疑问，这一次握手足以使他们彼此相认，即使时间完结。"

有些时候，很不幸，残忍会在那些我们想不到的人身上表现出来。某一天，兰佩杜萨的码头上登陆了二百五十个难民。他们身体状况都还不错，需要马上坐大巴去接待中心。过了一会，我用眼角余光瞥见两名士兵正在把两名难民塞进一辆小卡车。这两个难民多半来自撒哈拉以南，长途旅行后疲惫不堪。卡车发动了，但不是朝向应该前往的接待中心，而是驶向机场方向。我叫上了和我一起的医生，骑上我的黄蜂牌摩托跟了上去。开出一段路之后，卡车在旷野中停住了，那两个肌肉发达的士兵让难民下了车，开始痛打他们。突如其来，毫无理由。又打又踢，这是一种无理而且荒谬的暴力。我拼命加速，终于赶上了他们。

"你们在干什么，你们这些坏蛋，懦夫！"我怒火上冲，大喊起来，"马上把他们放开！"

两人可能是不久前才到兰佩杜萨的，所以对我的身份一无所知。"您是什么人，想干什么？告诉我们您的身份。"

"我要问你们是什么人，怎么敢做这种事情！"

火药味愈发浓烈了，现场堪比西部片情节。他们没有料到我会在场，也没有料到我的反应。

"您跟我们到营房来。"

"是你们要跟我来，因为我的确要去营房而且不会轻易放过你们。"

我们几乎是同时到了营房门口。他们的准尉惊讶不已，跑过来和我拥抱，说："巴尔托洛医生，你来这儿干什么呀？"

两个士兵在我身后看到了这一幕，明白他们有麻烦了。我详细描述了发生的事情，说话时声音仍在颤抖，胸中的怒火持久不熄。"队长，要么这两人马上从兰佩杜萨岛上消失，要么我把事情捅给所有媒体，让它成为整个意大利的笑柄。我豁出性命只为了救下尽可能多的人，结果他们把这两个小伙子搞得惨不忍睹，身上肿得就像两只风笛的风袋。他们脑子里都在想些什么！"我咆哮着，像一头野兽那样。两个士兵完全不知该拿什么为他们的法西斯行为辩解。准尉显然也颇为尴尬，没有说话，只是狠狠瞪了那两人一眼。

第二天那两个士兵调去外地，再也没有踏足过岛上。可是如果不是我及时察觉，追上了他们，连我也不知道结果会怎样。不仅如此：有数百名医生日复一日以卓越的专业精神和人道情怀，从事着一项至关重要而又异常繁难的工作，而这两人可耻的行为很可能使他们的声望受损。

Il profumo di casa
家的气息

    小时候我的身材非常瘦小，皮包骨头。父亲很担心。老是说："儿子，你怎么不吃啦？"①

    想当年每天晚上吃饭都像打仗。食物对我来说仿佛比药还难吃，每一口饭都像吞下苦口的药丸。父亲坐在主位，我就在他旁边，得到了他的"特殊照顾"。每当我吃饭时迟疑，他就大发脾气，有时甚至会把舌头一直咬出血来。于是我明白了不能再推脱，只好把盘子里的不管什么东西一股脑吞咽下去。如果我惹他气过了头，他就用一只拳头猛砸桌子，总是砸在同一个地方。慢慢地，在我和他的位置中间砸出了一个坑。长大以后，每次回家，眼光瞥到那个地方，我都会忍不住笑起来。

    我父亲并不凶恶，他只是太担心了。那时候我身体很弱，时常生病。

    当年有种说法是刚宰的牲口的血含有铁质和维生素，

---

① 原文为当地方言：*Picchì un manci*？

喝了对身体有好处。我那时七岁，还记得要宰的活牲口总是从利诺萨运来，装在一大张帆布里从大船上用吊车吊上小艇。到陆地上以后人们把它们用同一根绳子拴好，绳子绕过脖子一圈系在腿上，以防逃走。可怜的动物们扑倒在地上不愿赶路，仿佛已经知道这是最后一程，知道它们将要赶往屠宰场。这时候人们就会绞住绳子，或者用火烧牲口的屁股，让它们站起来走。

父亲坚持要把刚从牲口喉咙里喷出来的鲜血接来给我喝，所以我每次都不得不旁观这些货真价实的死刑场面。首先把拴牲口的绳子穿进一根柱子上的洞里，使它无法动弹，然后屠夫以一种令我毛骨悚然的冷静切开它的喉咙，鲜血开始汩汩流出。此时另有两个人跳到那倒霉畜生的身上，压迫它的肚皮，于是血流得更多更快，装满一个个杯子，再由我和其他被认为太过纤弱的小孩喝掉。血喝起来非常恶心，让我想吐，但也没有办法。长大以后我才知道，这些折磨都是白费劲，一点用处也没有。

一天下午父亲带回家一头小猪。我为它搭了一圈小小的围栏，还给它起名叫皮奴佐，每天拿食物喂它。我看着它长得越来越大，每当我走近，它都会快活地欢迎我，老远就能认出我来，和一条小狗差不多。我到处收集干面包、蔬果皮和其他所有找得到的东西喂它。这头小猪成了我的玩伴。

后来有一天父亲说是时候杀掉它了。但我不愿意。我全力反抗。它被带去屠宰场的时候我号啕大哭。皮奴佐也绝望地哀叫着，它知道自己的日子到头了。那天晚饭我没有吃它的肉。对我来说它不再是一头家畜，而是一个朋友。

这么做本可能招来相当严厉的惩罚。在我们家拒绝食物是绝对不能接受的，因为任何我妈妈端上餐桌的东西都代价不菲。然而连她自己，还有我的姐妹们的反应也和我一样。从任何意义上说这都是一种反叛。我更生气了。"既然你们也不愿吃肉为什么还要杀它？它就像家养的狗，是我的朋友。"许多年后，正是当年的皮奴佐使我明白了如何从这件事中吸取教训，要做一个行为前后一致的人。

一天晚上我登上了"保卫者号"，那是一艘英国军舰，停泊在通商港口。船上有两百名难民，需要我的许可才能登陆。

在舷梯上我遇到一个年纪很轻的苏丹姑娘，提着一个宠物笼子。我问里面是什么，她展示给我看，是一只黑猫，头上有一道白毛。我告诉她如果她没有带给猫打过疫苗，尤其是狂犬病疫苗的证明，我们就不能放猫下船。她当然什么证明也没有。这样我们就要对它进行检疫隔离，之后可以把猫还给她。

名叫莎玛的姑娘哭了起来，情绪激动，痛苦万分。我安抚了她，向她保证一定好好对待这只猫，尽可能早些送回她身边。她平静下来后，我们送她去了难民接待中心。等我回来取猫的时候笼子已经空了。军舰的舰长很不高兴，觉得留着这只猫很麻烦，干脆把它放走了。

想到那个姑娘可能的反应，我带着一帮消防队员找遍了整条船，舰长更不高兴了，他只想尽快起锚离开。猫终于找到了，交给了我们负责照看动物的姑娘埃莱塔，接着我们通知了巴勒莫方面的动物检疫机构。

我去了一趟接待中心，把这些都告诉了莎玛。我对她说："要有耐心，办好手续还要等几天，但你明天就得离开兰佩杜萨，你不能留在这里了。"她陷入了绝望。对她来说猫就像她的弟弟，她全力争取才得以在漫长的旅途中一直把猫带在身边。可是我们没有别的选择。我向她再三保证，给了她我的电话号码。我说我会不惜一切代价把猫送还给她。她马上就拨了我的电话，确认我确实能接到，没有说谎骗她，这才安静下来。几天后她打电话给我，询问猫是否安好。六个月的隔离期间，她不断打电话过来，问我有没有消息，还告诉我她的新地址，以便我送猫时找得到她。看得出来，她是绝不可能放弃它的。

　　后来是埃莱塔去德国把猫带给了莎玛，先是坐飞机到柏林，然后坐火车到姑娘所在的小镇。她敲开了莎玛住处的门，莎玛迎接她时眼里闪着泪花，就好像重逢的是她的亲生儿子。"这样反而更好，"莎玛承认说，"不然我可能保不住它了。"她和家人离开兰佩杜萨以后又漂泊了很久。先是在文蒂米利亚①睡了两个月马路，那时候边检还没有现在这样严格，他们得以穿过边境。莎玛一家在欧洲举目无亲，有人建议他们去德国，他们就照做了。现今一家人住在志愿者组织安排的房子里，等待自己政治难民的身份得到确认。孩子们已经重新开始上学了。

　　埃莱塔回来以后告诉我："我刚一打开笼子，猫就跳到了莎玛身上。最初我打算在他们那里至少住上一晚，但马上改了主意，决定回柏林去了。那一家人过了这么久才第一次过上之前被迫放弃的正常生活，留在那里我觉得自己像个入侵者。"

　　是那只猫让他们真正再次感受到了家的气息。

---

① 文蒂米利亚（Ventimiglia），意大利北部利古里亚大区市镇，毗邻意法边境。

Il cimitero delle barche
船之墓

一年夏天，一艘载着意大利总统乔瓦尼·莱昂内 [1] 的大轮船停泊在港口。我陪着他坐船四处转了一周，回到陆地上的时候，觉得自己仿佛也成了个重要人物。莱昂内被兰佩杜萨的美景深深吸引，每天都要我带他观赏新的景致，向他展示本地风光摄人心魄的全貌，那些镶嵌在苍茫荒野之中水晶般的海湾。

莱昂内是个很好相处的人，常拿我们的船的名字"皮拉基拉号"说笑，他觉得这个词十分奇特。我可没有告诉他这个名字的来由是船上从来都爬满了"皮拉基"（i pilacchi），一种会飞的蟑螂。

"皮拉基拉号"时常搭载游客或者潜水捕鱼的渔民，如果有人带了食物，就得格外小心，因为"皮拉基"什么都吃。有时我们也会带上那种没有马达、靠帆航行的老式渔船，又叫"萨卡莱瓦（saccalleva）"。等到船东们都换

---

① 乔瓦尼·莱昂内（Giovanni Leone），1963 年和 1968 年两度任意大利总理，1971 年—1978 年任意大利总统。

了新的船，这些船实在太老，就废弃不用了。它们全都搁浅在港口内部一处叫棕榈湾的沙滩上，一艘垒着一艘堆积起来，望去好看极了。很快那里就成了我们的游乐场。我们把小吊床用绳子挂在船尾离地五六米高的地方，悬在沙滩上空，自己钻在里面荡来荡去地玩。

有一天，政府宣布废弃的渔船不能再扔在海滩上了。这些船占地太多，非常碍事。尽管那时年纪还小，我们都很伤心，因为大家已经意识到他们即将摧毁的是本地历史的一部分。这些老船曾经填饱过全岛的肚子，如今却沦为亟待清除的垃圾；更何况兰佩杜萨不产木材，就这一点说这些"垃圾"就和黄金一样珍贵，是上天的恩赐。

讽刺的是亲手毁掉旧船的任务刚好就落在我们头上。我们把船上的木板一条条、一块块拆下来，像蚂蚁似的排成一队，一块接一块地送进一座用来烤面包的炉子。"皮拉基拉号"也和那些老爷船一起变成了烧火的木柴，我望着它们在炉内缓缓燃尽成灰，心里万分难过。唯一的安慰是多少还赚了几个钱。我们都是机灵的孩子，等到烧成的灰从炉子里被铲出来堆在面包店门口，大家把灰堆从里到外翻了个遍，寻找更值钱的东西：造船时用来固定木板的铜钉。这才是真正的宝贝，有时为了多捡一两个钉子我们甚至大打出手。找到以后就卖给一个收旧货的老头，有多少要多少，而且开价不低，比搬木板烧炉子给的钱多得多了。

　　长大之后我想我的父辈在这件事上犯了错误。我们本该至少留下几艘旧船，建一座博物馆作为见证本地历史的纪念。而直到今天我们仍在犯下同样的错。在兰佩杜萨的一块小足球场附近，如今正堆着另外一些废弃不用的船，那是渡海的难民留下的大木船，讲述着无数在海上得救和丧生的人的故事。人们管那里叫作"船墓"。那是一片色彩斑斓的公墓，有蓝，有青，有白，木板上漆着阿拉伯文的名字，当初选择这些名字的人买下它们本是为了捕鱼，为了自己的生存，而非他人的毁灭。有朝一日这片墓地也同样会被清理，地方有限，难民的木船就和我们当年的渔船一样碍事。只有难民扔在船上的杂物还能存留下来：救生圈、鞋子、衣物，兰佩杜萨的孩子们会把它们捡回家，是的，这次它们真的成了纪念品。

La generosità delle onde
波涛的善意

　　我的母亲是兰佩杜萨人，但是她们家——极其贫困——曾有很长一段时间住在突尼斯的苏塞①。回到兰佩杜萨的时候她已经十七岁了。正是在那时我父亲与她相识，爱上了她。父亲家也很穷，但他是个从不低头的人，想要让自己过得更好。为此他孤注一掷，拿出了靠在别人船上捕鱼存下的全部微薄积蓄，造了"肯尼迪号"。

　　父亲找了我母亲的弟弟基利努舅舅做合伙人，"基利努"是他本名尼古拉的方言称呼。基利努舅舅出生在苏塞，但是回到兰佩杜萨以后他再也没有去过那里。他是个妙人，总是在笑，你永远说不清他是在逗你还是认真的。打鱼也是一把好手，不跟"肯尼迪号"出海的时候，他就自己带着拖网和挂着许多鱼钩的长钓线去捕鱼。他自己有一艘很小的船，叫皮埃罗，和我的名字一样。

　　一天，我和父亲回家的时候发现妈妈在哭。基利努舅

---

① 苏塞（Susa），地中海南岸港口城市，在突尼斯东部。

舅坐着自己的船去捕鱼，一直没有回来。我们马上出门去找，整个兰佩杜萨的渔民全体出动。不是生在一座远离所有陆地的小岛上的人，或许难以理解其中的观念：把任何人留在海上听任波浪摆布，无论这人是谁，都是不可接受的，连想都不能想。这就是海上的规则，谁也不能违背。这种观念是如此强大，即使意大利的法律禁止在渔船上搭载难民，渔民也拒绝服从，为此还不止一次惹过官司。所以寻找基利努舅舅也同样是所有人的事。我们把明镜般的海面划成不同区域分头寻找，一直到离岸二十五英里的地方。但是什么也没有。徒劳无功。海军方面也插手搜寻，派出了直升机，还是没有找到。大家提出了许多离谱的假设，可能是船沉了，或者他被绑架了。海岸警卫队行文通知了地中海沿岸的所有港口。但这时候无论他是死是活，家里都已经不再指望找得到了。

过了十五天，港务局的电话响了起来。苏塞的海岸卫队在当地港口发现了一艘小船，船上载着一具尸体。我、我父亲和其他水手登上"肯尼迪号"航向苏塞，抵港后大家赶去看了那艘船：正是他的那一艘。基利努舅舅已被抬到一个用作停尸房的地方。他的脸上挂着一种在我看来近乎嬉笑的表情。

第二天我们把他的遗体搬上"肯尼迪号"运回了兰佩

杜萨。他生在苏塞，最后也死在那里。那边的人和我们说他肯定是在捕鱼的时候犯了梗死。小船的发动机还开着，就一直航行下去，或许是命运开的玩笑吧，最后正好开到了突尼斯，好像是特地送他回到故乡一样。如果是这样，或许我们不应该把他带回来。

在我母亲心中，突尼斯一样有着特别的地位。她从苏塞带来了一件对她来说特别珍贵的东西：一口上釉的陶制北非蒸锅，平时使用和保养都小心翼翼。这口锅对她而言就好像是珍藏着全部回忆的宝盒。每当她烹饪自己最拿手的食物——不是别的，正是北非小米饭 ①——等待锅里饭熟的时候，漫长的几个小时里，这些回忆就会一点点浮上来。

我很喜欢看我母亲做饭。她会拿一个大锅，烧开了水，放在蒸锅上边，用面把两个容器之间的缝隙填上，这样不会浪费一点蒸汽。之后她将粗麦面倒在一张木头桌子的桌面上开始抓面，这是最复杂的一步。我妈妈是个强壮的女人，却有一双美极了的手。她将修长的手指探进麦粉揉搓，动作轻柔得近乎一种爱抚。这时的她就像一位正在

---

① 北非小米饭（Cous cous），北非地区一种特色食品，由粗麦磨粉后蒸成，经常搭配鹰嘴豆、南瓜等蔬菜和肉类食用。烹调时使用专用的蒸锅，粗麦粉在上层蒸熟，下层用于炖煮肉、鱼等。

做工的手艺人，但同时你也看得出来她的思绪已经飘远，飘向童年的种种味道和回忆。

到了粗麦面已经完全碎成小颗粒，放进蒸锅，母亲就开始用父亲打回来的鱼煮鱼汤。鱼在我家的饭桌上是雷打不动的主菜，所以为了让她的作品有些变化，母亲还会配上一些我们自家菜园的蔬菜。

我家对面住的人家比我们还要穷。直到现在，一想起那个时候，我的眼前就浮现出母亲穿着围裙，端着一个装满北非小米饭的大瓷盘横过街道，微笑着把食物递给她的邻居和好友的情景。即使我们都是穷人，也会分享我们有限的财物，互相扶助，自私和隔阂那时是不存在的。

兰佩杜萨有家餐馆的厨师能够完美复制妈妈做的北非小米饭的口味，每次我在那里吃饭都好像回到了童年。突然之间，我自己的所有回忆也扑面而来，就像母亲做饭时她的过去一一浮现那样。这位厨师就是我妹妹卡特琳娜，她见证了那一段珍贵的往事，从而留住了一小段属于家庭的回忆。

我的其他姐妹也都是烹饪能手，尤其是从母亲那里继承了做鱼的想象力。

那时我们吃鱼都吃腻了，可怜的母亲实在想不出还有什么招数能把鱼做得像别的东西。有一天她端上桌一盘十分诱人的大肉丸，填满了鸡蛋、香肠和奶酪。"终于！"大家异口同声欢呼起来，"至少今晚不用吃鱼了！"我们狼吞虎咽，好像那是什么珍馐美味。饭后妈妈看了看我们，问："你们爱吃吗？"我们都说："爱吃，妈妈，终于有肉吃了。"

她笑了起来："错了……这些丸子还是鱼做的。"她把鱼肉剁成了碎末，就像肉末一样。母亲又一次给了我们惊喜。

Il turista fuori stagione
淡季来客

某一天诊所里来了一位不同寻常的人物，戴着镜片很厚的墨镜。赶上了淡季的游客吧，我心想，因为当时并不是夏天。他要我给他做检查，说他身体不适，可能有呼吸道方面的问题。我告诉他该去看急诊，我现在手上有管理方面的工作，没法给他看病。他固执己见，让我有些反感，但还是让步了。我为他做了检查，开了处方。

接着他又问了我许多问题，我不禁怀疑起来。到这时他也看出自己做得有些过头。他说："我是吉安弗兰科·罗西，做导演的。"我目瞪口呆，罗西的名字我早就知道，还看过他导演的纪录片《罗马环城高速》，那部电影拿了威尼斯电影节的金狮奖。我向他道了歉，他告诉我说他来岛上是想拍一部电影，却没有找到灵感。可能也是因为那段时期难民接待中心正在关门翻修吧。

罗西第二天就要离开。我意识到不能就这样把他放走。我想找一个人替我们讲述发生在兰佩杜萨的事情，已经寻找许多年了。世界范围内有几十家电视台采访过我，但是我需要有些什么能够留下痕迹、传之后世。那些采访一旦播出就随之消散，不会留在世人的脑海和心中。一切都将归于遗忘。如今所有东西都在以某种不可思议的速度消耗：一桩惨剧马上被下一桩取代，一条消息在最好的情况下也只能存活几天时间。我心想："这回要是有一部电影，说不定我们可以传达一些更加深入的信息。"但是罗西对我说，如果他连一件事物的影子都没有看到，是不可能动手拍电影的。

我请求他再考虑一下，给了他一只 U 盘。此前我一直把它带在身边，没有交给过任何人。我说："这里面有我二十五年的经历，一段关于伤痛和苦难的故事。"不过我对他说，他看完必须还给我，对我来说它太珍贵了。他接过 U 盘，说声谢谢就走了。

第二天过去了，接着是第三天，我想我大概既见不到罗西，也见不到我的 U 盘了。然而并非如此，三天之后他又回来了，事实上他根本就没有离开。他说："我看了盘里的东西。这片子我拍了。"我高兴坏了。"但是 U 盘我得拿着。我向你保证一定好好保管，将来再还给你。"

一段冒险之旅就这样开始了。岛上没有一个人意识到罗西已经开始拍片。没有器材，没有布景，也没有场记板，只是手持一架看起来简直像业余装备的摄影机四处游逛。就连我也以为罗西只是在筹备，但其实他已经在拍素材了。他时不时地也会到诊所来看我，就这样我们成了朋友。有一次他问我是否可以拍摄我给一个几个小时前登陆的怀孕姑娘做超声检查的场面。还有一次他拍了我给萨穆埃莱，一个非常活泼的兰佩杜萨小男孩做检查的场景。大家都追问他："吉安弗兰科，你什么时候才拍电影呀？"但他从不答话。

后来有一天他来告诉我电影拍完了。我觉得难以置信，因为整个过程一点动静也没有，完全没有影响岛上的正常生活。他把 U 盘还给了我，我插上电脑确认内容是否一切正常、没有改动。刚一打开，画面上就出现了一艘载满难民的渔船。罗西说："给我讲讲吧。"于是我开始说话，开始讲述，告诉他，一个人能在船的上层渡海就相当于买到了一等舱的船票，而底层的货舱是三等舱，是没有呼吸的空气也没有空间的人间地狱，是为那些没钱待在甲板上的人准备的。这一段后来成了《海上火焰》最有力的片段之一。《海上火焰》这个片名来自 1943 年，意大利军舰"马达莱娜号"遭到轰炸在港口起火时兰佩杜萨人的惊叫，后来成了一首流行歌曲的名字。①

---

① 这里所说的纪录片是《海上火焰》(*Fuocoammare*)，导演吉安弗兰科·罗西，片名意为"海上着火了"。

　　过了几个月我接到一个电话，是电影的制片方打来的。"巴尔托洛医生，请您到罗马来，我们需要启程去柏林了。罗西的电影被选中参加柏林电影节，并且安排在头二十部放映。"我对电影的内容仍然一无所知。他们还让我带上妻子一起，因为那将是很重要的场合。我还记得有一辆豪华汽车来酒店接我们，我与丽塔下车踏上红毯，和无数明星演员站在一起的时候，我们心里想的都是："咱俩到底在这里干啥？"

　　那是我第一次看到《海上火焰》。如同命中腹部的一记重拳。我被激荡的心情久久钉在座位上，直到走出影厅，思绪仍然一刻也无法从看到的影像上移开。这不是一部纪录片，而是一个精心编织、低声讲述的故事，力大无伦而又缓缓推进，令观众无法逃脱。每个场景，一段接着一段，都清晰地印在我的脑海，画面乍一看去与这些年已经司空见惯的场景并无区别，但罗西那种直截了当、不经加工的拍摄方式使它们变得独特而异常有力。他拍成了这部电影，某种程度上说也是我拍成了这部电影，因为它正是我希望的样子：一段粗糙却清晰明确、摒除一切虚情假意的信息，一段能够唤醒麻木的人群、震动世人良心的信息，终于传遍了全世界。

　　那天夜里在酒店，丽塔好几次不得不把我摇醒。我在睡梦中哭泣不止，满身冷汗。生平所遇最可怕的噩梦之一再次浮现在我的眼前。

那是 2011 年 6 月 31 日，我就像平时一样来到法瓦洛罗防波堤上。下午在此登陆的难民一批接着一批。晚上九点左右又来了一艘长约十二米、载有二百五十人的船。我和一名年轻医生一起登上甲板开始检查，之后这些难民一个一个上了岸。许多人哭个不停，神情绝望，还有些人一声不出，眼泪却直往下流。总之所有人都异常沮丧，像是遭遇了毁灭性的打击，我们一头雾水，不知道为了什么。这些人中既没有重病号也没有人死亡。最末下船的几个人告诉我底舱的人出了点问题，别的什么也没有说。

时间已近深夜，船上差不多空了。我摸出手机，打开了通向底舱的活板门，下面本来是一个用来装鱼的冰库。门很小，我费了很大劲才勉强钻了过去。脚才落地，我已经觉出踩到了什么不该出现在那里的软软的东西。那感觉怪异极了。我又试着碰了碰附近的地面，感觉好像是走在软垫上面。四周光线太暗，我打开了手机上的电筒，才能在彻底的黑暗中看见东西。一股难以忍受的恶臭此时直冲我的鼻孔。

电筒的光照亮了地板，眼前出现了一幅惨烈骇人的画面。地上铺满了人的尸体。我正踩在死人、满地的死人身上。所有人都极其年轻。令人毛骨悚然，太恐怖了。死者全身赤裸，一个压着一个，有几个像抱成一团。我无法相信我的眼睛。布满抓痕的舱壁上还在往下滴血，而这些可怜的小伙子手指上的指甲已经脱落了。我觉得自己仿佛置身于但丁笔下的地狱。

我马上跑了出来，开始呕吐。我狼狈不堪，晕头转向，深受打击。和码头上的人说起底舱中的情景时没有一个人相信我。之后一名消防队员代替我下到底层，开始一具一具把尸体运上来。他把尸体用绳子拴住，让我们往上拉。

我们把这些遗体摆在码头的地面上。许多人的头部和手部多处骨折，他们生前曾遭到棍棒殴打。幸存者是这些在底舱被屠戮的受害者的兄弟姐妹或者朋友，所以他们之前才痛哭不止。蛇头曾经威胁他们不要开口，但面对警察的询问，他们还是说出了事情的恐怖经过。

在利比亚上船时，最先上船的五十个人被迫下到底舱。这些人是难民中最年轻、身材最瘦小的，因此能够轻松通过活板门。剩下的两百五十人待在上面。船是大大超载的，底舱只有一个很小的透气孔。最初的约定是一旦出了港口，底下的人也可以上来。但是从底下上来二十五个人之后，船身不再稳定，于是他们就挡住了剩下的人，不让这些人离开那个冰库。这些人呼吸困难，大声喊叫着要上来，蛇头用棍子打他们，把他们重新赶回底层。过了一段时间，在绝望驱使之下，所有人都开始挤向门口，要逃出这个受诅咒的陷阱，即使棒打也不能再赶他们回去。不幸的是，人类的暴虐是没有极限的；蛇头们卸下驾驶舱的门压住了船舱出口，自己坐在上面。空气耗尽了，生命也随之消逝。

就这样过了一刻钟时间，足以毁灭二十五条生命。在这一刻钟里，这些可怜的孩子尝试了所有的办法想要活下去。一刻钟对他们来说如同一个世纪。

做尸检的时候我才明白为什么底舱的墙壁上满是血迹：这些人曾经想空手把船舱的壁板拆下来，直到满手流血，指甲脱落；直到手指血肉模糊，碎木片嵌入皮下。接下来几天里我心烦意乱，没有想过别的事。我曾经从他们的身体上踩过，在自己意识不到的时候已经冒犯了他们的遗体。我的心中无法平静。那壁板上的抓痕，折断的骨头，无处不在的鲜血。这一切在我的脑海里来来往往，仿佛在放一部恐怖电影。

我想象着这些年轻人是如何绝望地呼喊，连衣服都脱掉了，挣扎着要在一个没有了空气也没光的地方活下去。我想象着他们已经因骨折而剧痛的手是如何抓挖着四壁的木板。五十只浸透鲜血的手，二十五张嘶声呼叫的嘴，而上方是其他人：他们听得到发生的事却不得不表现得无动于衷，假装听不见下面的人呼救，而下面那些人当时就像被装进毒鼠笼里的老鼠一样。我还想到了造成这一切的那些恶棍，心中升腾的怒火使我盲目。

柏林的那个夜晚，噩梦之中，我的怒火爆发了。我在痛苦中惊醒，全身浸透了汗水。

次日上午我和丽塔回到了罗马。她直接回了兰佩杜萨，我留了下来，因为他们仍可能叫我们回柏林。的确如此。没过几天他们就让我们回去。2016 年 2 月 20 日，颁奖的那天晚上，我和吉安弗兰科·罗西坐在一起。每发出一个奖项我们都紧张得浑身发抖。第六档奖项，第五、第四、第三，台上报出的每个名字都让我们心惊。念出二等奖 ① 获奖片名的时候我们一跃而起。我们是第一，我们赢得了金熊奖。这真是令人难以置信。《海上火焰》征服了评审团。我永远不会忘记梅丽尔·斯特里普的授奖辞："这是一部急需的、梦幻的、必要的电影。"二十五年来的工作经历在我脑海中飞驰而过，那天晚上我险些中风。

---

① 二等奖即评审团大奖，是仅次于最高奖金熊奖的奖项。

　　然而喜悦并没有持续多久。如果说我们如今已经将信息送到了全世界，那么必须得说，那些真正需要领会它的人并没有接受它。种种锁闭、屏障、难以越过的高墙不断出现，封锁的边境，禁闭的头脑和心灵。毫无怜悯。就连方济各教宗在莱斯沃斯岛访问 ① 时的用语也未能引起应有的注意："这是第二次世界大战之后最严重的人道主义灾难。"而三个难民家庭在梵蒂冈得到接见这一充满象征意义的举动也同样被公众忽略了。

　　我在那次访问之后不久就得到了教宗本人的私人接见。从教宗的眼睛里我看得到那种深知自己正面对着一道弹回一切而又无法摧毁的橡胶高墙时的悲伤。他正在投入一场毫无希望的战争，对面是那些想通过否认问题存在来消灭问题的人。召见那天我因激动而发抖，但还是力求镇静，不想和 10 月 3 日的海难发生前不久，教宗访问兰佩杜萨的时候一样激动得喘不上气来。到教宗面前的时候我还是支撑不住了，我哭了起来，对他说："神圣的父亲，帮帮我们吧。帮帮我们这些兰佩杜萨人，不要让我们再见到死人。让我们自己从利比亚运送难民，不要再让这样的事发生了。"他赠给我一串玫瑰念珠，我从那以后一直带

---

① 莱斯沃斯岛（Lesbo）属希腊，是难民自希腊进入欧洲的主要登陆地点。2016 年 4 月，罗马教宗方济各曾探访该岛上滞留的难民。

在身上。之后他说了在莱斯沃斯亲眼目睹的诸多苦难。那里是另一个兰佩杜萨。

4 月 16 日，电影节过后两个月，《海上火焰》才来到了兰佩杜萨。那是一次不仅美好而且破天荒的放映，因为岛上没有电影院。我和罗西异常紧张，我们害怕兰佩杜萨人的评价，害怕他们觉得这个故事令人反感。但是结果并非如此，虽然散场时仍有一些批评的声音，但影片中的信息已经得到了传播。

但对我来说，那不同寻常的一天里最美妙的还数另一件事。意大利国家电视台有意送给全岛一件礼物，不一定和难民有关。我提出由他们给残障儿童看护中心捐赠一批乐器。这些孩子玩耍的时候常常敲塑料琴的琴键玩，但那只是玩具而已。当他们从盒子里拿出真正的琴，一把吉他和一架火红颜色的手风琴，他们马上就演奏起来，熟练得就像之前从没做过其他事。孩子们开心极了，在中心的大厅里，岛上一半居民都跑来和我们一同庆祝。看到罗莎尔芭、切莱斯蒂娜、弗兰科、萨尔瓦多这些孩子眼中的喜悦，真是太令人感动了。其中却唯独少了一个叫克劳迪奥的孩子，我平时非常喜欢他。快散场的时候，我原本已经不抱希望，他却出现了。他紧紧拥抱了我，拿起手风琴也奏起乐来。一开始他找不到琴键，笨拙地摸索着，但那只是一小会儿，很快音乐就像施了魔法一样流泻出来。那真是美妙绝伦的场景，每个人都在演奏、唱歌、跳舞。

我又回到了家中。那是长达数月的焦虑和亢奋之后，我度过的最美妙的一天。那是属于我的红毯，上面走过的是我真正的生活。

Il regalo più bello
最好的礼物

"尊敬的巴尔托洛医生：您在法齐奥①的节目上说的话感动了我也刺伤了我。我经历过第二次世界大战，在我的家乡有过激烈的抵抗运动。我和弟弟曾经被迫看着十八个小伙子遭到射杀。之前我一直犹豫，但现在我决定了。随信附上五十欧元。请您收下，给哪个获救的娃娃买一盒饼干吧。这是一个很老很老的意大利奶奶的一点心意。抱歉我说了这么多，我为您祈福，感谢您做的一切。C。"

"在电视上看到您的眼睛的时候我深受感动，它们曾经见过多少痛苦和绝望啊。我想握住您的手，用我最大的热情拥抱您。只要世界上还有像您这样的人，就还有希望。我多么想认识您，可惜我们离得太远，但是我的心依然和您在一起。给您一个拥抱。M。"

"我认真听了您发自肺腑的讲话，讲那些和我们一样

---

① 法比奥·法齐奥（Fabio Fazio），意大利著名电视主持人，2003年起在意大利国家电视台主持广受欢迎的时事访谈节目"Che tempo che fa"。

有手有腿，长着眼睛、嘴巴和心脏，只是比我们更加不幸的人。那些男人、女人和小孩，他们蒙受着在今天不可想象的苦难，不是由于天主的旨意，而是某些已经没有人性的人造成的。我很羡慕您的胸怀，忽然之间，我觉得自己是个无用的人。您对他们是那么理解、那么支持，又那么敏感。您始终如一地将无私的爱馈赠给这个缺少爱心的人类世界，我为此深感骄傲并且满心感激。A。"

这只是 2013 年 10 月 3 日，也就是本世纪最大的惨剧之一终于使世人感知到它的重量的那一天之后，我收到的许多信件中的几封而已。

写信来的许多是老年人，他们一直保留并珍视着当年的记忆。但还有更令我惊奇、给我带来更大快乐的事情。比如有一次我收到比萨一位小学校长的来信，她的学生之前参加"未被歌唱的英雄"全国大赛——致力于表彰那些从未被历史课本提及但作为榜样仍能教给世人很多的"非凡人物"——获得了一等奖。奖金是五千欧元，学生们早已听说兰佩杜萨收容了许多获救的孩子，因此决定用奖金购买玩具捐赠给这些不如他们幸运的人。装满毛绒玩偶、积木、各种各样玩具的大箱子，一箱接一箱送到岛上。不仅如此，就连大赛选中的"年度英雄"、九十高龄的前游击队员阿多斯·马赞蒂也选择了捐出奖金用作同样的用途。

　　我们把这些礼物中的大部分都送去了难民接待中心，剩下的留在诊所的游乐室。整件事中最美妙的还要数孩子们的态度：他们不仅捐出奖金买了玩具，而且还亲手包装并在每个包裹里都附上了一段赠言，意英双语。"亲爱的小伙伴们，"其中一封短信如是说，"你们离开了自己的国家来到欧洲，是为了寻找一个不同的、更好的世界。改变这个世界的任务是我们这些年轻人的，我们也应该像那些有原则、有爱心的男人和女人一样奉献自己。"这些包裹中还有一件礼物是送给我的。拆开的时候我万分激动，直到今天我还小心翼翼地珍藏着它。

　　这些礼物送来几天后就有一批新的难民登陆，一百多人，其中有五十多个小孩。我把玩具装上汽车赶去接待中心，孩子们已经不在了。他们人数太多，当时就被飞机送走了。一时间我有些失落，但随后我想这样更好。远征路上，他们又过了一关。

　　正要离开的时候接待中心的一位工作人员叫住了我。"医生，医生，这还有两个小孩，您来看看吗？①"我转过

―――――――――――――

① 原文为当地方言：*Duttu'，duttu'，ci nni su dui nichi，i voli vidiri?*

身去，是一男一女两个小娃娃，漂亮极了。我留了下来，和他们一起玩了好几个小时。

2016 年 5 月 8 日，一个艳阳高照的星期天，又来了许多孩子，还有他们的母亲。我和同事又在汽车后备箱里装满玩具来到了接待中心。我还带了一罐糖果，是用那位给我写信的老奶奶捐赠的五十欧元买的。真是无比快乐的一天。母亲节这个日子从来没有像今天这样充满意义。

留在诊所的那部分玩具，每次有孩子来我都会发给他们。我们一起打开包装，我送他们去游乐室，这样在我给母亲做检查的时候他们可以安静地玩耍。到了该走的时候，为了让这些孩子乖乖离开这个五颜六色、充满乐趣、令他们流连忘返的地方，我会让他们把想要的玩具带回家。最妙的是他们每人最多只会拿走一两件，就好像他们知道之后还会有孩子在这里玩，应该爱惜这个地方。

Braccia di giganti
巨人的手臂

我的儿子贾科莫是我最小的孩子。丽塔第一次怀孕的时候，马上就告诉了我父亲。父亲非常高兴，因为我是唯一一个还能把他的姓氏传下去的人：我哥哥米莫不可能有孩子，而他的其他孩子都是女孩。他不停地问我："做了超声没有？"希望我告诉他是个男孩。知道这一胎是女儿的时候他有些失望，但也还是很高兴的。

后来丽塔怀上了第二胎，父亲心中的希望又燃了起来。结果又是女儿，他很失落，一个原因是丽塔两次都是剖腹产，以后再怀是有风险的。

不过几年之后，我妻子还是又怀孕了。这次全家人都想要个男孩。

一个夏日的早晨，我决定下海去捕鱼，当时丽塔怀孕十周。我当时压力很大，特别疲惫，捕鱼是极少数能让我放松下来的活动之一。我的小船，我的大海，四周是无边的寂静。思绪会自然流动，使人找回一点安宁。直到今天，被噩梦与忧虑折磨一夜之后，捕鱼仍然是我抵抗疲乏和抑郁的解毒良方。

　　我把船开到离兰佩杜萨四十英里的海上开始打鱼。看着鱼接连跳上水面真是一种享受。过了一段时间，二十英里外的一艘渔船发来了呼叫信号。他们用无线电设备通知说我叔叔伊尼亚齐奥在找我。实际上，因为我们俩离得实在太远，这艘船起着中间传递消息的作用。消息的内容再清楚不过：丽塔的情况非常不好，让我马上回家。

　　我把发动机开到最大马力，掉头返航。回程要花两个小时，我用尽了全力。多么可怕的两个小时啊。我的妻子需要我，我却不在她身边。我无法分心去想别的事情。担心孩子，但更重要的是担心丽塔。如果失去了丽塔，一切都全完了。她是我的一半，是我的第二人格，没有她我一天也活不下去。

　　到了港口，我连系好船缆都顾不上，丢下渔船和上面的东西就赶回了家。丽塔躺在床上，流血不止。她流产了。极其沉重的打击。又是一个女孩。我们去了巴勒莫的医院，医生把她推进手术室的时候我想，这世上唯一重要的事情就是我的妻子活下来。

　　后来我们就决定了。不再要别的孩子。我们已经有两个光彩照人的女儿，不该再冒更多的风险。

　　时光流逝，有一天丽塔对我说她又怀孕了。子女是天主的恩赐，我们自然都很高兴。唯一的担忧来自我妻子和她体内小生命的身体状况。至于男孩还是女孩，在经历过之前的事之后，对我已经没有任何意义。

不过，发现是个男孩的时候，我们俩还是乐不可支，就连格拉齐娅和罗莎娜也很兴奋：期待已久的小弟弟终于来了。我多想马上离开超声室，跑去告诉我父亲，告诉他贾科莫·巴尔托洛，他期盼了多年的小孙子就要降生了。可惜他永远不会知道了。他才去世不久。

这是丽塔第三次剖腹产，分娩过程非常艰难。有那么几分钟——对当时的我来说像永恒那么久——贾科莫没有呼吸，也没有哭出声来。我们给他按摩了一会，才激发了他的活力。我和丽塔都很担心，因为新生儿窒息可能造成永久性的脑部损伤。所以后来我们一直小心观察，并在他一岁时带他去看了神经科。贾科莫不仅没有任何问题，还长成了一个相当优秀的孩子，头脑敏捷，智力十分发达。

我儿子从小对我的依恋几乎达到了病态的程度。平时总是跟在我后面。每天上班时我都得悄悄出门，他发现了一哭就是几个小时。在兰佩杜萨上小学的时候，他的作业因为写得太好被老师拿给全班传看。小学三年级时他写了一首非常美妙的小诗，我一直留在身边。从一个钱包换到另一个钱包，纸张早已满是折痕，但我仍精心珍藏着它。

诗的题目是《眼科医生歌谣》。

> 波斯猫的眼睛闪闪发亮，
>
> 猎隼有着锐利的目光；
>
> 猞猁的双眼审视大地，
>
> 雄鹰的眸中火焰飞翔；
>
> 有的眼睛黄，有的眼睛蓝，
>
> 有的快活，有的有些怪诞；
>
> 还有的眼睛充满欢乐，
>
> 那是好样的学生们在放假之前。
>
> 世界上每双眼睛都一样美丽，
>
> 因为视力是特别美好的东西。

十三岁那年，贾科莫同样也要去巴勒莫上学了。我们选择了一家享有盛名的教会学校。一开始学校方面拒绝了他，因为之前接收的几个兰佩杜萨学生给他们印象很糟。我的第一反应是和这些老师大吵一架，但我们没有别的选择，只好忍气吞声，劝说校长给我的儿子一次机会，并且保证一旦他表现不好，我就把他从学校领回来。学校的态度很快就转变了。甚至有一天老师们还把丽塔叫去，问她：“女士，这孩子学习实在太刻苦了。家长是不是给他压力太大，让他太紧张了？"丽塔回答说这和我们一点关系也没有，孩子的性格就是这样。

我永远忘不了与儿子告别的那一天。我的思绪马上就飞到了当年我父亲把我留在特拉帕尼的老妇人家里的时候。学校宿舍光秃秃的，一片灰暗。我难受极了，但不能让贾科莫看出来。他沉默着，一句话也不说，没有哪怕一点不满的表示，和我说再见的时候，没有流露出内心的任何感情。

我每天都和他通电话，他总是情绪低落。一个月后他终于鼓起勇气："爸，我在这里实在住不下去了。我想和我姐姐住在一起。"罗莎娜那时候在上大学，住着一间公寓。她立刻就同意了让贾科莫搬过去，像母亲一样照顾了他五年。历史一直在重演：在锡拉库萨，正是我的姐姐恩扎为我做了同样的事。罗莎娜无微不至地照看弟弟，学校的家长会也是她代替我们去的。在她的庇护下，贾科莫培养起了对学术、文学和艺术的热情。

高中毕业之后，就到了选择专业的时候。我和丽塔一直认为孩子们应该按他们自己的意愿选择，我们不该影响他们的决定。所以格拉齐娅成了建筑师，罗莎娜成了律师。但是毫无疑问，我心底很希望至少贾科莫会选择父母的职业。这里我犯了一个错误。虽然没有任何强迫，但我儿子显然在某种程度上觉得我们在指引他选择医科。他顺利通过了两所大学的考试，去了罗马，在前两年的所有课上都拿到了最高成绩。

突然有一天，贾科莫回到了兰佩杜萨的家，对我们说："爸爸，妈妈，我要和你们谈谈。"我马上就明白了。"我很想让你们满意，也觉得医学很有意思。但是我的热情在其他方面，你们一直都很清楚的。"一切都改变了，他去了米兰读文学。这是属于他自己的道路，我们不能也不应该阻碍他走下去，无论这条路把他带到哪里。

贾科莫不算是个捕鱼爱好者。在兰佩杜萨度夏期间，我想要拉他一起坐船出海可得费上老大的劲。此时回想起我自己当年由于家境所迫，每次放假回到岛上都不得不追随我父亲登上"肯尼迪号"，不禁会微笑起来。

不过，有些时候儿子还是会满足我的心愿，那将是我们在一起度过的最美妙的时光。我和他，再无他人，我会花上几个小时倾听他的声音。他有一种天赋，能将哪怕是最平凡的事情用永远出乎意料的方式讲述出来，变成某种重要的事件。

我和贾科莫的性格截然不同。他经常责备我感情用事，缺乏理性，做事不考虑后果。有些时候我们吵起架来，简直好像彼此换了角色，他成了父亲而我成了儿子。贾科莫其实很清楚我是没法改变的，我没法换上另一种行为方式，没法圆滑地应对那些敏感而重要的问题，尤其是当这些问题和人的生命以及命运相关。慢慢地，他接受了这一切，虽然这并不容易。就像他的批评和责备总能迫使我暂时中断我节奏越来越快的生活，停下来思考，而我也逐渐接受了这个事实。

来到广阔的海面上，放下钓鱼线耐心等待——这是我所知的唯一一种与自己和解的方式。然而总有些时候，在彻底的寂静之中，仍会有一些场景在脑海中浮现，毫无理由，而这样的场景很多很多。

每个场景都是拼图中的一小块，而整个恐怖的拼图就像毕加索那幅超凡的杰作《格尔尼卡》，满蕴着暴力和残忍。

有一天早上，兰佩杜萨刮着很强的西南风，一艘大船在驶近小岛的过程中——这种事并不少见——没能成功进入港口，而是一头撞到了兔子岛方向加莱拉湾的礁石上。所有人都跑向岸边。海浪就像是巨人的手臂，抓住了船身砸在水面上，散了架的船板四处飞散，一块不剩，木板碎片在波涛中一卷而空。仅仅一小时工夫，整艘船已经粉身碎骨。

　　我们没有看到任何一个船上的人。即使看到了，也无法援救。摩托艇甚至连靠近事故现场都做不到。犹如一艘幽灵船，在我们眼前出现又消失，化为齑粉，没入暴风肆虐的大海。

　　接下来几天，天气始终恶劣。我们在岛上巡查，寻找有没有获救的人游水过来。什么也没有。没有一个人靠岸。

　　过了将近一周，海面逐渐平静下来了。宪兵队中的潜水员乘坐摩托艇再次回到事故地点，一点一点排查船只残骸沉没的海域。仍然一无所获。但他们坚持不懈，扩大了搜寻范围，终于找到了一大批尸体。又是尸体，一具接一具地被送到了码头上。

　　尸检的工作开始了。需要检查的尸体已经惨不忍睹：被鱼撕咬，长满跳蚤和其他寄生虫，甚至还有海星。在海底度过的那些漫长的日子将这些可怜的年轻人变成了一块块伤痕累累的腐肉。来了两名港务局派来的海岸警卫队员协助我的工作，即使是像他们这样承受力极强的人，也没能坚持很久。

　　人的目光根本无法在这样的惨酷景象上停留；尸体腐烂过程中释放出恐怖的恶臭直钻鼻孔，甚至侵入大脑使人陷入麻木。极其刺鼻的臭味，强烈到了过上几个小时仍仿佛闻得到的地步。

才检查过头五具尸体，清除寄生虫，使它们恢复到可以接受的外观，我就不得不回家休息了。那些景象在我眼前一刻不停地反复浮现。我感觉到想呕吐的冲动，头脑被持久的恶心和那种恶臭完全填满。整个人都衰弱至极。

没过多久，我又回到了码头上的工作岗位，独自一人。潜水员们仍在不断发现新的遇难者。我一个人无法坚持，于是给切萨莱打了电话求助，他是难民接待中心的一名青年工作人员。切萨莱马上赶了过来，可是检查完第七具尸体，他也不行了。

"医生，"他说，"请您帮我个忙吧，别再叫我了。我现在晚上睡不着，浑身难受，想吐……"就这样他离开了，虽然为此很难过。

不过在他走之前，我还是请求他至少帮我把放置尸体的棺材钉上。因为这本来也是我的工作，而且做起来一点也不容易。它的象征意义如此重大，必须带着对他人应有的尊重完成——这些人本可能是我们的兄弟和儿子，他们理应得到合适的安葬。

潜水员们不计一切代价在海底搜寻的顽强精神也同样是尊重的体现。这些遇难者为了赢得一种值得过的生活拼尽了最后一口气，而潜水员的行为保护了他们的尊严。

就这样过了一天又一天。救援行动的倒数第二天，切萨莱跑来找我。"医生，我又改主意了。我为您感到难过。让您一个人做所有这些事太不公平了。我想帮帮您，您放心，我已经鼓起了勇气。"他拿来了几把大剪刀，能剪断木板的那种，因为从这些可怜孩子身上把衣服脱下来也是我遇到的难题之一。需要脱掉他们的衣服才能为他们做检查，清理他们的身体，之后才能尽可能体面地把他们放进棺材。

为了缓和气氛，我跟他说："切萨莱，你的胃如今终于结实起来啦。"他朝我做了个怪相，大概本来想笑一笑，可是他的眼睛笑不出来。这段经历折磨着他的内心深处，这是他人生中第一次遇到这样的事。

最终的数字：一共十九个年轻的生命逝去了。

Persone «perbene»
"正经人"

兰佩杜萨的冬天总是刮着极其强劲的西北风。强劲到吹起的海浪撞击在海岸的岩石上，激起高高的水花落下的时候，就好像城镇上空下了一场小雨。

许多年前的一个下午，一艘商船撞在了小岛北部的礁石上。船上的水手开始向空中放出明亮的烟火，指示他们的位置。但是海面的状况极端恶劣，摩托艇不能驶出港口，也就不可能抵达那艘出事的船。船员们绝望了，他们如今完全听凭风暴的摆布。

我父亲和几个他的帮手决定去救人。"肯尼迪号"很结实，他们有成功的信心。岛上所有人都跑到了岸边，想要看一眼这艘挑战奇迹的渔船。我们都惊恐万分，我的母亲吓得紧紧抓着我的手。

"肯尼迪号"抵达了商船所在的区域，但却无法驶近，不然就有在礁石上把船撞得粉碎的风险。父亲和同伴抛下一只用钢索系住的锚，钢索另一端固定在一部绞盘上。然后他们开始一点一点接近那艘船。到了船边，大家把水手们接上来，仅仅是让这些人跨过这对于得救必不可少的短短几米距离就要费好大的劲。他们大声呼喊，操纵船只做出超越极限的动作，我们在高处看得心急如焚。场面扣人心弦，全岛人都屏住了呼吸。有好几次我们都觉得两艘船就要撞在一起，如果真的发生了，没有人能从这次赌博中生还。

那是一次极其危险的行动，但是我父亲和其他渔民从来没有哪怕一刻起过退缩的念头。

回到港口时他们都被视为英雄。虽然大家全都精疲力尽，当晚还是在我们家举办了一场盛大的宴会，奇迹般获救的船员们不停地感谢着这些勇敢得不惜用自己的生命冒险前去帮助他们的人。

2011 年 5 月 7 日到 8 日之间的夜里，我又接到了电话，这次是财政卫队打来的。"医生，我们刚刚护送一艘载满人的船靠岸了。"像往常一样，我和同事来到了法瓦洛罗防波堤上。这艘船是在离兰佩杜萨只有几英里的地方被拦截的。那时候还没有欧盟资助的难民营救计划，这些船只和它们搭载的乘客需要航行很长一段距离才能得到救援。港务部门、财政卫队、宪兵、警方和消防部队派出的摩托艇不断在兰佩杜萨港口和这些破破烂烂的客船之间穿梭着。那天夜里轮到"黄色火焰"①的警察们承担救援任务。

这些小伙子和男子汉每天承担的任务可是非同一般。许多时候,人们觉得身穿制服的生活很有魅力,可能也确实如此。但很少有人考虑过这些人需要做出什么样的牺牲。他们总是远离家人,而且——对于此处提到的这些人来说——要随时做好出海的准备,无论海上是风平浪静还是风雨大作。还要随时出手救援和帮助别人,无论在什么条件下,甚至冒着生命危险。我曾目睹他们精疲力尽地回到码头,双臂连一丝的力气也没有剩下。因为他们要用这样的手臂及时抓住男人、女人或者小孩,免得为时太晚,活人成了只能等待打捞的尸体。许多时候救援的摩托艇只是刚好赶到,一切就像慢镜头一样在他们面前展开:大船倾覆,几十名难民被抛入水中;橡皮艇突然漏气,上面的人向深渊滑落。如果不能争分夺秒,和大海也来上一场竞赛,所有的努力都会白白浪费。

那天晚上有两艘摩托艇出海,天气糟透了。他们驶近那艘载满难民的大船,两名警员跳上甲板,操纵大船驶向港口。一艘摩托艇在前面引路,另一艘断后。海面波涛

---

① "黄色火焰"(Fiamme gialle)是意大利财政卫队(税务警察)的体育代表队,由隶属财政卫队的运动员组成。

汹涌，船上共有五百四十个人，一个巨大的数字。过了一会，我们在码头上望见了那两艘摩托艇正在靠近，但难民船却连个影子也看不到。

后来我们才知道是船上的舵坏了，整艘船没能进入港口，而是在离海岸几米远的地方触礁了，就在象征兰佩杜萨人热情好客的雕塑"欧洲之门"所在的区域。

马上大家全都赶去了现场。我们、救护车、警察、志愿者、记者，还有那些已经知道了事情经过的岛民。无数的兰佩杜萨人。夜已经深了，海浪撞击着礁石，势头之凶猛前所未有。船已经搁浅了，正在左右摇晃，更增加了救援的难度。会游泳的人纷纷跳入海中，想要游过距离得救的那几米远距离。对于那些被吓呆了不愿跳水的人，我们拉起了一条人链，把他们救上船。我还记得在机场工作的职员米莫想也没想就跳了下去，不断抓住一个又一个人。大海不会给你机会喘息，只会把所有事情变得艰难而复杂，甚至几乎无法实现。

船上有女人，还有儿童。有一个四个月大的尼日利亚婴儿，名叫塞维林。我们把他从状态显然不太好的母亲怀里抱走，交给了一名把笔和记事本扔在岸上、加入了人链的记者。这位名叫埃尔薇拉的记者随后花了一整夜寻找孩子的母亲，而后者也陷入了绝望，以为孩子已经丢了。黎明时分，埃尔薇拉终于找到了她，把塞维林交到了她的怀里。一次催人泪下、令人难忘的相遇：两个女人眼中都含着泪水，她们是如此不同，在那个共同见证的时刻却又如此相似。埃尔薇拉后来因为这件事被授予"共和国骑士"的勋位。对此我很赞赏，我们如今的确需要这些象征性的东西来尽可能有力地传递信息，从而使这些信息进入人们心中，使整个世界明白在我们面前的是一些正经人，会对我们表现出的欢迎态度心怀感激。尤其是当他们看到我们愿意为救援和帮助他们竭尽全力的时候。反过来说，若我们将这些人赶走，使他们觉得自己不受欢迎，他们也同样会感到失望和痛苦。

救援持续了三个小时。我们花了多大力气才救下了这五百四十个人啊。他们精疲力尽，我们也一样。累得要死，但心满意足。我们救了他们，所有的人——至少我们是这么以为的。

工作了一个通宵之后我回到了家。丽塔为我煮了热腾腾的咖啡，她爱抚着我的头。几个小时之后电话又响了。"医生，拜托了，您得来一趟'欧洲之门'。"我感到奇怪，我离开那里的时候似乎只剩下勘察现场、澄清事故发生过的工作要完成。但我还是穿好衣服出了门。

天气已略有好转，但船还在那里浮动着。潜水员来到了现场，地上躺着三具尸体。是潜水员们在船的龙骨下面找到的，为此他们差点被压死在下面。三个小伙子，非常年轻。我们将尸体送到公墓的停尸房，不用说，尸检工作必须开始了。其中一个身上每一块骨头都折断了。从头到脚。

离开公墓的时候我意志消沉。那感觉就像一辆装甲车刚从我身上碾了过去。

那天兰佩杜萨的酒吧里，这件事是唯一的话题。卷入了我们所有的人。到处弥漫着哀伤的情绪和某种挫败感。那时候我还不知道，更糟的事还在后面。

Il problema è l'uomo, non è Dio
问题是人，不是神

　　我是个信徒，我觉得我信仰的天主和其他人信仰的神并没有什么区别。每到感觉迷茫或者能量枯竭的时候，我就求助于波托萨尔沃圣母 ①，兰佩杜萨的主保圣人。我会祈求众母之母帮助我救助她的孩子，所有那些从海上过来的人。我祈求她使他们活着到达此地，不再让我见到新的死人，祈求我的怀里不再需要抱着了无生气的幼儿躯体。

　　2013 年 10 月 3 日的海难发生前不久，兰佩杜萨人听说了一个令他们十分难过的消息。我们这里的本堂神甫、曾经请动了方济各教宗到访小岛的斯蒂法诺·纳斯塔西被调到夏卡 ② 去了。斯蒂法诺神甫在脸书上写道："总要为新的水域、新的航行做好准备；重要的是要有优秀的水手，

---

① 波托萨尔沃圣母（Madonna di Porto Salvo），是南意大利一些沿海地区崇拜的圣母形象。
② 夏卡（Sciacca）是西西里岛海岸线上的一座市镇，与兰佩杜萨同属阿格里真托省管辖。

这一点在什么时候都是一样的。"在本岛目前正在经历的这段意料之外而充满艰难险阻的时期，他发挥了决定性的作用。"移民们的脆弱状态，他们的需求和痛苦，充实了我们的内心，"离开本岛后神甫如是说，"帮助我们更好、更深入地理解了我们自己的易变和脆弱所在。"

米莫·赞比托神甫接替了他。第一次见面的时候我俩差点打了起来。听上去很荒唐，但确实是真的。我们堂区长久以来一直安排由一个慈善机构"明爱"①管理的组织"兄弟之家"救助那些没有监护人的未成年人。但是后来那里发生了一些很不愉快的事件，有的孩子大搞破坏，砸破房门，点火烧了床铺，甚至朝警察扔石头。

某一天，岛上有二十名疥疮患儿登陆，接待中心没有他们的位置了。因此决定把他们转移到"兄弟之家"去。宪兵上士前去通知米莫神甫，他却吼叫起来："你们怎么能这样！起码要给我收拾一下的时间吧！"与此同时，我已经把孩子们带进了浴室，开始处理他们的疥疮。米莫神甫于是跑来对我破口大骂。我也忍无可忍，回骂了他，把满心怒火全部发泄到了他的身上。我们差一点就动手打起来了。

---

① 明爱（Caritas italiana），隶属意大利主教团的天主教慈善机构。

其实是因为我们都太累了，神经也过于紧张。治疗结束之后我去向他致歉，他也同样对我道歉了。从那以后我们成了好朋友，在少数我有时间去望弥撒的礼拜日，我会留下和他聊聊天。我向他倾吐衷肠，说到我们不得不面对的无限多个难题，而他总能使我安心，鼓励我在这条磨难之路上走下去。"难道说，皮埃罗，"他问我，"难道我们可以不这么做吗？我们难道有别的选择？"

经常有人问我，面对一位默许了所有这一切发生的天主，我的信仰是否动摇过。天主？这根本不关天主的事。造成这一切的不是神而是人，这些人贪婪、残忍，除了金钱和权力他们没有任何信仰。我说的不是那些买卖人口的人，而是那些默许买卖人口的现象存在，情愿世界上其他人陷于贫困，以及煽动、支持和资助冲突发生的人。问题是人而不是神。

为了逃离祖国，支付昂贵的船票，有人卖掉了自己的肾。这是如今无数人被逼上绝路的原因。

我起先不愿相信，以为这些是媒体的夸大之辞。然而一切都是真的。我为难民检查身体时越来越常见到的刀疤就是证据。但是难民自己从不会提起他们为了成功脱逃可以做出如此巨大的牺牲。他们害怕。开口就意味着揭发一套日渐强大的体制，而关于这个系统我们所知的只是冰山一角。

　　我阅读了许多相关资料，想了解这些事。于是我发现了一个令人毛骨悚然的世界。一项从非洲发源、蔓延至数十个其他国家的大生意。在西方，用于器官移植的肾有百分之十的来源是非法的。这是世界卫生组织公布的数据。实在令人震惊。这些器官价格不菲，而且受害者越年轻，要价越高。

　　使我更加忧虑的是，我发现所有这些现象背后是一张由医生、技师、化验师和其他从业人员织成的大网。切下一个肾，用合适的方法保存并随后实施移植手术，可不是小孩子的把戏。愿意出二十万美元买肾的人需要确保诸事都按应有手续进行，那个该诅咒的肾必须能够完美工作。

　　许多本领高强的外科医师，和我当年曾立下同样誓言的同行们，都委身于这项肮脏的生意。不仅如此，深入挖掘下去还有更恐怖的事：幼童和小孩凭空失踪，被卖给开价最高的人——更准确地说，他们的器官被卖给开价最高的人，我说的不止是肾。这些无辜的孩子被当成了一台台机器，用来供给珍贵的零件。我真不知道那些人明知自己体内的肾脏或者肝脏是从那些轮流被献祭的受害者身上摘除的，如何还能生活下去？……

这一切的基础，不用说，是巨额金钱的流动。金钱从"发达"国家流出，又流回这些国家。这个恶魔始终在毫不留情地吮吸着被奴役的弱者的鲜血。

从买卖活人到买卖活人器官。这些人已经变成了没有身份的数字，可以轻易被抹去而不留痕迹，一切都因此而变得更加容易。

所幸世上还有人睁着眼睛，还有人为了使政府正视问题、遏制此类犯罪而战斗。想要阻断这种贸易，同样需要国际范围内的多方合作。

买卖器官算是一种极端的行为。除此之外，难民为了达到目标，还会做出许多其他不那么严重但同样值得忧虑的事情。

2011年因席卷全国的"阿拉伯之春"出逃、一度挤满了兰佩杜萨岛的上千名突尼斯人，曾经以为他们几个小时后就可以进入意大利境内，从此就算是抵达了欧洲。然而等待着他们的却是被遣返的下场。他们必须返回突尼斯，而一旦回到母国，身陷囹圄几乎是这些人必然的结局。

明白这一切之后，难民使尽浑身解数，以求住进西西里当地的医院。他们想出的一招应急妙计就是把手边有的随便什么东西吞下去：接待中心的房门钥匙、各种铁器——往往还生了锈，甚至剃须刀片也照吞不误。吞刀片可是非常危险的，可能造成严重的肠胃割伤。那些日子里，往往一天就多达三个难民来看门诊，X光照相清楚表明他们都吞下了某种异物。这时我们别无选择，只能将他们用直升机送去巴勒莫动手术，以免还有更糟的事情发生。

他们很清楚这是逃出生天的唯一道路。一旦康复，这些人就会设法逃跑。宁可成为黑户，也比回自己国家坐牢强。

直升机在兰佩杜萨和西西里各地的医院之间一刻不停地往返着。不过有时也会听到一些令人欣慰的消息：虽然X光片上显示的只有剃须刀片的图像，但是——我们当时是不会知道的——这些人吞下之前把它们用烟盒的锡纸包了起来，这样就不那么危险了。当然，体内异物总要取出，这一点还是毫无疑问的。

后来我们意识到已经有太多的人为了得以转院冒险使用了这条计策，于是就找负责维持难民接待中心治安的部门谈了这个问题。他们拆除了所有门上的把手并收走了周围一切可能造成伤害的物件，而我们则通知这些难民：如果继续采取这种缺乏理性的行动，他们只能留在兰佩杜萨接受我们诊所的治疗。几天之后，一切都恢复正常了。

我们做了最合理的决策，但我也知道这等于将他们送上了死路。我心里难过极了。

«L'erba tinta un mori mai»
"恶草活千年" ①

　　我的头在疼。疼极了。我正在诊所的办公室里打电话。我情绪激动，大喊大叫，开始用右手拳头猛砸写字台，那上面堆满了文件，我从来没有时间整理它们。亚历桑德拉听到了我讲电话的声音，马上冲了进来拦我："皮埃罗，你都在说些什么啊？快把电话挂了，不论对面是什么人，放下电话。"她神色惊恐，我不明白为什么。这时她从我手中一把抢走了听筒，挂上了。我更加暴躁："你敢？"——我想我是这么说的。然而事实上我的嘴里只发出了一些无法辨认的声音。

　　亚历桑德拉是我最信任的助手。她竟做出这样的事，我觉得太荒谬了。我仍在不断说着杂乱无章的字句，而我的面孔此时已扭曲成一个怪异的表情。她更加担心了，跑去走廊叫来了几名护士，我还没有反应过来，已经被送进了急诊室。我一头雾水，被挂上了吊瓶，心里还在想：

---

① 原文为当地方言：*L'erba tinta un mori mai.*

"见鬼了，到底怎么回事？他们都在干吗？"我以为自己在做梦，我做过无数的噩梦，现在正在其中一个里面。

并非如此：我正醒着，毫无疑问，身上发生的一切都是现实。直到一名之前和我吵过架的同事走过来对我说："放心吧，皮埃罗，恶草活千年啊。"我这才明白问题严重了。

随后我被放上担架抬上了救护车。我想要大喊大叫："怎么回事？我们要去哪里？"却发不出声音。我已经无法表达大脑中的思想，我失去了对身体的控制。

我害怕了，又一次。我正在沉没，但这次不是落水。我竭力挣扎却不知为了什么。"完了，"平生第二次我这样想着，"我要死了。"与此同时我看到直升机正在跑道上准备起飞。护士把担架抬下了救护车。时间不容浪费。我们登上飞机，出发了。

我永远忘不了这次飞行。那些充满忧虑的面孔，和已经无法判断局面有多糟糕的我自己。窗外的天空一片明净，点缀着几片洁白的云朵，看上去像无比甜蜜的巨大棉花糖。一路上，无数混乱的图像从我那因缺血而受损的脑中闪过，最后却如织成一块布料的丝线，逐渐获得了某种一贯性。其实，我想，截至此刻，我的人生可以说是紧张激烈的，我过得很充实，没有什么遗憾。

飞行持续了一个小时多一点，对我来说就像永恒。我感觉得到我的半个身体逐渐不再听从大脑的命令。一半视野开始凝固，一只手和一条腿失去了知觉。

我想到了丽塔，想到她这些年因为我被迫做出的牺牲。想到了我的孩子们。不过，有一件事上我从未动摇：即使回到过去重来，我也仍然会做如今做过的每一件事。那些在码头上度过的夜晚，那些没有休息过一刻、没有合过一次眼的白天。比如那次我和一名同事在防波堤上守了整整三天三夜，想要休息一会的时候，精疲力尽的我们就轮流躺在救护车的担架上。打一个小时盹，又重新站起来工作。立下医生的誓言的时候，我已经清楚自己即将接受某种使命。但是我确实没有想到是这一种。

到达巴勒莫的医院的时候接待我的是马里奥，并肩作战过许多次的同事和朋友。他的脸上同样写满忧虑。我马上被推进了 CT 室，随后是核磁共振。万幸情况还不算特别严重。只是暂时的轻度脑缺血，医学上叫"短暂性脑缺血发作（TIA）"。

我住进了医院，接受治疗。十天后我就要求出院。我的同行们都不赞同，但我决心已定。"皮埃罗，现在还不是时候。"马里奥如是说，这些天他片刻也没有离开过我的身边，"你得再住几天。你的应激反应太严重了，如果再来一次，你就有彻底瘫痪的风险。好好想想啊。"我还是出院了。我不想，也不能继续留在那里。

所有人都清楚即使正在恢复期我也不会不去码头，不会不去帮助那些需要我、需要我们的人。回到了兰佩杜萨的家，我又想起了那名同事的话："恶草活千年。"

马里奥还是说对了一件事：过度的紧张实在是和我开了个太过危险的玩笑。诱因是一桩极其愚蠢、近乎荒谬的突发事件。

那是2013年9月2日，我在诊所办公室接到电话："医生，您得马上来市政府一趟。"是宪兵上士打来的。我赶到的时候，市长朱西·尼科里尼的助手们正慌成一团。一张写字台上放着一个已经打开的白色信封，是从德国寄来的。里面是一些白色粉末和一张纸条，上面写着"炭疽危险"。

工作人员打开了信封，摸了这些粉末，甚至还闻了闻。我们马上叫来了有能力处理这种紧急事件的消防警察。他们赶了过来，身穿特殊制服，我告诉了他们应该如何处理这个信封。炭疽。谁见过炭疽病菌？即使你熟知这世上所有的程序，如果面对的是你从未见过的东西，什么程序都没有用。

现场需要一部可移动的消毒设施。在兰佩杜萨。这简直是超现实的局面。

消防员封好了信封，交给了我。交给了我，但这和我有什么关系……我把信封一层层包好，然后通知了大区政府和西西里的动物疾病研究所。连他们也不清楚该怎么做。

在持续了整整一天的交涉和争执之后，岛上来了一架隶属财政卫队的直升机，把信封带去了巴勒莫。刚将信封安全交给金融警察，没过几分钟，阿格里真托省的消防队长就打电话给我，要我负责对信封交接时用到的制服消毒。我大发脾气，毫不客气地告诉他这不是我们的工作。这就是那一通我的脑缺血发作时被亚历桑德拉强行打断的电话。

我突然病倒的消息吓坏了所有人，大家都以为这是感染了炭疽导致的。所幸检测结果很快就出来了：一方面排除了白色粉末是炭疽杆菌的可能，另一方面也确认了我的病只是脑缺血发作而已。

从1991年起，诊所就是我的家。最初就职的时候，和我一起的还有五位医生。其中两人被分配到了利诺萨，但他们都不愿去，因为那边——尤其是冬天——船只时常一连几天无法靠岸，人就这样被困在岛上。所以经常是我过去，让同事们回家，回西西里岛。他们不是兰佩杜萨人，很不愿意忍受每周只有两天和妻子和儿女在一起。慢慢地，几乎所有人都先后提出了调职申请，后来岛上只剩下两个人了。

过了几年我被任命为诊所的管理者，唯一剩下的那位医生也请求我放他离开。我没法不答应。我明白与家人两地分居这样的牺牲，是难以长久强加于人的。最终我点了头。直至今日，每当我请求援助的时候，我都要为这个决定饱受责备。

真正帮了我大忙的正是亚历桑德拉。她本来只被分配做急救医生，结果却成了我的左膀右臂，我的灵魂诤友，还有——不幸的是——我被疲劳压倒时发泄紧张情绪的对象。

每个曾在这里的人都留下了自己的印记。他们是极其出色的专业医生，做了一段时间，想回家乡去，这是人之常情。但是我和亚历桑德拉始终留在这弹丸之地，既对付日常工作也应对突发事件，而且是同时做着这两件事情。

登陆难民的数目开始以几何级数增长之后，我们总算争取到了一些支援。多了一位医生，虽然他只签了短期合同：是一位妇科医生，专为难民服务。我们还找了一位儿科医师救助登陆的孩子，但她孤身一人，难以坚持，后来就放弃这方面的工作了。派了一位医生和两名永久驻扎的警察负责急救，其中一名警察每次都和我还有那位妇科医生一起去码头。另外还有一位心血管科医生和一位麻醉师可以向我们提供帮助。总而言之，在此期间我们建成了一座有二十二个专科的医院，接待中心收容的难民也在医院的服务范围。

还有一个我很乐意在此讲述的小插曲。当时《海上火焰》刚刚夺得大奖，不断有电视台邀请我接受采访。因为近处的东西看不清，需要读些什么的时候我都要戴上眼镜。我这副眼镜的镜框很扎眼，我摘了又戴，戴了又摘。过了一段时间，眼镜厂家给我发了邮件。信中感谢我不知不觉间为他们做的广告，并询问他们是否可以做些什么作为回报。我马上抓住了机会。

平时给难民做检查的时候，我们也常常建议他们配眼镜，但大家都知道他们是不会花这个钱的。因此我请求那家制造商送一些不同度数的眼镜过来。

几天之后走进诊所，我发现了一个巨大的箱子，里面是许许多多副眼镜。

无意之间做的一点宣传最终也使我们自己受益。我们的工作负担，如果可以这么说的话，向来是很重的。因

　　为我们接待的远不止在码头登陆的难民。只要欧洲边境警卫队的船上来了重病号，时间不允许送去其他地方或者等待通过意大利的港口，就会用直升机或者摩托艇送到这里来。

　　应对这一切很难，非常难。特别是因为，尽管在难民身上投入了许多精力，我们每天仍在努力保证兰佩杜萨本地人得到最好的医疗服务。现有的一位儿科医师和三位其他科室的医生——我妻子丽塔也是其中之一——无法满足需求。

　　诊所的护士和其他工作人员给我们提供了极大的帮助。他们没日没夜地工作，即使需要大半夜参加急救、在诊所连续待上好几天的时候也没有退缩过。

　　这才是兰佩杜萨这间诊所的灵魂所在：不是皮埃罗·巴尔托洛一个人，而是这些无论小岛上发生什么，都用自己的头脑和心灵与皮埃罗·巴尔托洛共同承担的人。

　　正因为从不退缩，从不畏惧挑战，我们才能靠着我本人隶属的那家巴勒莫医疗机构发展起这样一个充满野心的计划。建成我们的医疗和难民救助中心，这很难，但是我敢说我们一定可以如愿。

Favour dagli occhi grandi
大眼睛的法芙尔

2016 年 5 月 25 日，凌晨两点。一艘商船发来警报。船上有大批在西西里海峡救起的难民。其中二十人被烧伤，身体虚弱，无法继续前进。派了一艘摩托艇去接人。与此同时，我们通知了我们自己的和潘泰莱里亚 ① 岛上的救护车和直升机。摩托艇返回时已经早上八点了。船上的大部分是女人，她们都是如今我们称为"皮艇病"的受害者。

这种烧伤我在头二十五年的搜救经历中从未遇到过。欧盟启动难民援助计划——最早是"地中海"计划，后来是欧洲边境警卫队——之后，才开始见到类似的情况。一方面救援范围越来越大，另一方面有越来越多的简易船只被挪用来运输人口，其中又以烧汽油代替柴油的橡皮艇为最多。

蛇头们在出发时会把油箱灌到最满，因此燃油难免会

① 潘泰莱里亚（Pantelleria）是西西里岛西南的一座小岛，距西西里岛约 100 公里，距突尼斯海岸 60 公里。

溢出箱外。外溢的汽油像一条缓缓滑行的蛇与咸水混合，形成腐蚀性极强的混合物。

乘皮艇航行时，男人通常坐在凸出的边缘上，而女人抱着小孩坐在底部。杀伤性的混合液体会浸透衣服。液体漫过这些女人的身体，带来一种看似美好的温热快感的同时，腐蚀了她们足部、腿部和臀部的皮肤。随着时间的推移，衣物一点点被腐蚀，留下的是极深的伤口。骇人的化学烧伤。

码头上一片灾难景象。我最先见到的是个躺在担架上的女人，浑身裹着"金毯"，那种黄色的保温急救毯。她连站起身来的力气都没有了。第二个女人只能勉强扶着我和一名志愿者走路，我们架着她送她上了救护车。第三个躺在摩托艇的底部，身上裹着白被单，看上去就像一个黑皮肤天使，遭受的却是魔鬼般的折磨。我们把她扶了起来，帮她下船。"慢点啊，"我对协助的急救人员说，"碰她的时候千万小心。"她的状态太糟了，几乎动都动不了。

小心翼翼地，我把她的手臂搭在我脖子上，试着小步移动，同时轻轻掀起了被单。伤者的臀部已经血肉模糊，即使如此，她仍在竭力坚持，一声不吭地忍受着痛苦，面部因痉挛而紧缩着。她们就这样一个接一个下了船，每个人的皮肉都经历了杀伤性液体的蹂躏。

后来一名志愿者从摩托艇上抱下来一个十分幼小的女孩。长得漂亮极了，甜美的圆脸，一对大大的黑眼睛。她的体力已经耗尽。没人能说出孩子的母亲在哪里。我把孩子交给了担任翻译的埃莱娜，她刚好这次也在我身边。我用不容置疑的语气对她说："一秒钟都不要放手。不要把她交给任何人，哪怕是孩子爸爸来了也不行。把她带在身边，等我回来。"

到了诊所，开始给伤者用药。黝黑的身体上散布着巨大的白色斑块，疯狂的景象。我们在伤处涂了药，包扎起来，纱布覆盖下的创伤火辣辣地疼。这些可怜的女人的痛苦令人心碎。一股刺鼻的汽油味。

护士、医生、助手，还有救护车的工作人员在我周围来来往往。和往常一样，每一点时间都是宝贵的，我们浪费不起。

都处理好之后，再重新用担架抬上这些惨遭汽油杀手毒害的伤者，装进救护车，一路奔向等在跑道上随时准备起飞的直升机。

那些在我们这里工作的人，他们的爱心和忘我精神是言辞无法描述的。这是一个每名成员都起着决定性作用、每人都至关重要的团队。紧急状态是这里的常态，是我们的日常工作。二十五年来，我们接诊、救助、治疗过的总人数接近三十万人。

我累得喘不过气。恶心，想吐，一种压迫感堵在胸口。我觉得自己撑不住了，想大喊大叫。无论你多么努力拉紧身上的盔甲想继续前进，你的内心终究避免不了被击溃的下场。这就像投入一场敌我装备悬殊、又无法选择不打的战争，每天都多出几十名新的伤员，而我们除了字面意义上的坚守战壕之外别无选择。

最后一名伤者也料理完毕，我又回去找埃莱娜，这成了地狱般的一上午留给我的唯一惊喜。

"她叫法芙尔，"我的合作者如是说，"九个月大，尼日利亚人。她的名字意思是'受偏爱的'。母亲在渡海途中死了，死时还怀着另一个孩子。同路的一个女人照看着她，说那艘皮艇上足有一百二十人。"

我想象着一位绝望的母亲，她知道自己随时可能死去，除了把自己的小女儿交托到另一个女人怀中别无选择。一个与她甚至素不相识的外人，共同的经历仅限于这一段旅程，而她托付的却是自己最珍贵的宝贝，指望着同伴能够保护她的小宝宝，至少保住孩子的性命。

所有这些在我看来都是不人道的，但是这样的事每天都在发生，从不间断，而我们只是在它们成为"最新消息"的时候才知道；然后我们会很快忘记，重新回到日常生活。

法芙尔的大眼睛正盯着我看。真漂亮啊。他们给她洗了澡，穿上一套小衣服，这下子她看上去更美了——如果还有变美的余地的话。她饿坏了，一眨眼就把牛奶喝得精光，现在她抱着个娃娃玩儿，抓着娃娃几个小时都不撒手，自在得仿佛从来都认识我一样。几个小时之内我们的合影照片就传遍了全世界，照片上她一副见怪不怪的表情望着镜头，简直就像主动摆着姿势呢。

我送法芙尔去了难民中心。按照法律规定，必须把她留在那边，但我实在不舍得离开她。我的喉头哽咽了。

我跑回家去找丽塔，和她说了这件事，随后给孩子们打了电话。我想申请收养法芙尔。丽塔充满耐心，深知我是个冲动的人。这次她没有像之前亚努阿尔的事那样直接反对，而是提醒说："皮埃罗，我不想你失望。那孩子不可能交给我们……得让法院决定谁承担她的监护责任。"

我仍未屈服，给省政府和内政部打了电话，找了所有我认识或者在过去那些漫长的岁月中和我一起工作过的人。我知道这可能并不合适，但是那个小姑娘已经住进了我的心中，我也完全确定她在我们家会生活得很好，得到她应得的照顾和关注。

第二天早晨，天色刚亮，负责社会救济的克里斯蒂娜就帮我填好了一份提交给少年法庭的正式申请。我希望自己是第一个申请的人。整个上午，我不断地去看手机屏幕，期待着接到省政府的电话。

然而丽塔再一次说对了。电话最终没有来。未来照料这个小姑娘的责任轮不到我们了。

与此同时，法芙尔被安排转移到巴勒莫去了。我没能鼓起去机场的勇气。看着那名负责在旅途中陪伴她的女警察把小姑娘抱在怀里，笑容满面，我明知这样不好，但心里还是难受得很。

话说回来，我们两人的照片加上我公开请求法芙尔监护权的举动，倒是很快就促成了问题的解决。意大利全国范围内有成百上千个家庭提出愿意收养她。这个长着一对黑亮大眼睛的小姑娘根本用不着等，一抵达巴勒莫就被交托到了可能的未来父母手中。收养人夫妇多年来一直想要个孩子，肤色、性别或是年龄都无关紧要。这是一份无比美妙的礼物，但他们也知道此时仍有失去她的风险。允许收养的判决并不是确定无疑的，当局必须确定法芙尔已经没有亲属在世，其间在她本国需要办理的一系列官方手续也并不容易。她在欧洲也许还有亲人的可能，也许她母亲本想去投奔他们。

只有调查结果表明她的确已经孑然一身，法芙尔才能被合法收养，到那时将是这个国家收养了她。因为法芙尔"理所当然是意大利人"——共和国总统马塔雷拉访问兰佩杜萨时就是这么说的。

索菲，那位救了法芙尔的姑娘，这时正在医院卧床，与严重的烧伤战斗，她也问起了小女孩的近况。她想知道自己究竟有没有完成法芙尔的母亲交托给她的使命。医护人员让她放心，孩子已经交给可靠的人了。

足足过了两天时间，我才终于回到现实。四十八小时之后，同样的情节再次上演，比上回还要令人肠断。

一架直升机抵达兰佩杜萨，又送来一个孩子。这个男孩同样在海难中被人救下，送上了一艘西班牙船，但由于身体过于虚弱，无法上路。我赶去机场接他。这回不是小婴儿了，是个五岁的厄立特里亚男孩，名叫穆斯塔法。

他的状态糟透了。糟到在船上时人们在他身上找不到用来输液的血管。体温降到了27度，随时可能因体温过低死亡。因此医护人员不得不对他施行骨内输液，也就是说，直接把针头插进他的胫骨。这种方式相当痛苦，尤其是接受治疗的还是个孩子，但大家别无选择。这也是唯一能将他从死亡的魔爪下夺回的办法。

我把穆斯塔法抱在怀里带回了诊所。孩子的眼神里混杂着认命和恐惧。他吓坏了，在海上他失去了妈妈和妹妹。和法芙尔不同的是他完全明白发生了什么。他目睹最亲爱的人消失在波涛之间，再也没有浮上来过。

我们打算给他静脉输入加热的注射液，稳定他的体温。一开始毫无进展，怎么也扎不到血管。孩子这时抬起了另一条手臂，就像想帮助我们，帮我们指出一条明路。他再也不想经历针头插在骨头上的噩梦了。

穆斯塔法打着手势，告诉我们他饿坏了。他把小手蜷起来做成勺子的形状，送到嘴边。我给他冲了一杯热巧克力，又拿了几块小饼干，喂他小口喝下了这种能让他喉咙暖和一点的饮料，再把饼干掰成小碎块递给他。

他没有哭，但充满祈求的双眼却仿佛在说："帮帮我。"和法芙尔一样，穆斯塔法也是个甜美温柔的孩子。埃莱娜给了他一只长毛的小兔子，告诉他说："这是小兔兔巴尔托洛。它的名字叫小兔兔巴尔托洛。"孩子接了过去，捧在手里左看右看，重复着"巴尔托洛"，然后报以一个大大的笑容。

尽管接受了护理和输液，他的情况仍然危急。不能让他再留在兰佩杜萨了，必须送他转院。于是我陪着他去了直升机场。穆斯塔法又一次飞上了天空，飞向巴勒莫的儿童医院。

我坐进汽车，准备开上返程的大路，忽然觉得应该停下来。我把车子停在一块空地上，开始徒步。我必须消化掉心中的焦虑、挫败和无力感。缓慢地做着深呼吸，我转头望向大海。今天的大海风平浪静，望不见一丝波澜。海水透着宝石般的翠绿。

一块礁石上有一群孩子正在嘻嘻哈哈地玩耍，比赛着谁能做出最帅气的跳水动作。他们的身体健康而强壮，春天的太阳为皮肤镀上一层金色。对于他们来说，这是一年中最快活的日子，学校相当于已经停课，假期就要开始了。

在这几个月里，小岛变成了一座巨大的游乐场。孩子们用不着再穿鼓鼓囊囊的毛衣和外套抵挡刺骨的寒风，也用不着整个下午关在家里学习或者假装学习了。他们可以尽情享受这片天堂一般的美景，从上一片小海湾跑到下一片，从一块礁石跳到另一块礁石上。有那么一瞬间，我回想起自己的孩提时代，想起等待着炎热的艳阳天早点到来，好和朋友们去海边的日子。

往往是还没正式放假，我们就开始下海玩了。放学之后直接赶去海边，脱得只剩内裤，一头扎进水里。没有什么能把我们吓倒或者让我们后退。尽管我们只是半大的孩子，父母却从不担心。人人都是游泳健将。还有，我们跳水跳得多好啊！找到最高的礁石，轻盈地跃向空中，再以一套完美无瑕的动作入水。

那一刻，我的大海重新使我平静下来。之后我又想到了穆斯塔法。想到了他被剥夺的童年。想到我甚至没有机会好好安慰他。

第二天早上，我走出家门，买了报纸，坐在酒吧的桌边看了起来。我马上意识到自己成了这个只看表象的世界的帮凶。

法芙尔一连几天都是所有媒体新闻的主角，从报纸到电视再到新闻网站。如今轮到穆斯塔法，却只有短短的几行，提到又有一个在海上失去父母的孩子获救，目前已转送到巴勒莫的医院治疗。读着这几行字，我觉得自己仿佛是一个毫无知觉的工具，被那些能决定什么事够格成为新闻、事件、标志或者象征的人一手操控。穆斯塔法的救治也是我负责的，但这已经无关紧要……没有哪怕一张他被我抱在怀里的照片。没有人去着重报道这个孩子，别的不说，这个孩子可是亲眼看着自己的母亲被大海吞噬了的啊。

在这件事上，命运再一次显露出它的冷漠和不公。我想知道穆斯塔法是不是也能马上找到一个愿意收养他的家庭，还是不得不度过历时数月乃至数年的等待，等待着新的温情，一对愿意照料他的养父养母。

那些天，岛上到处都是记者，其中一个注意到我的苦闷，便问我发生了什么。我们聊了一会，我对他坦白了自己当下的心境。对方眼都没有眨地回答："医生，那您知道像穆斯塔法和法芙尔这样的孩子，在海上失去了父母，或者在自己的国家就没有父母而是在孤儿院长大，被迫在尚未被战火和抢掠完全摧毁的房子里避难的孩子，您知道还有多少？"

他说得很有道理。我还记得在 RAI3 电视频道看过的一档新闻节目，叫作《地中海播报》，是当时极少数提供这方面资讯的节目之一。节目报道了在被轰炸摧毁的叙利亚城市胡姆斯的一家孤儿院，那里每天都会送来至少一名成为全家唯一的幸存者的孩子。最令我震撼的莫过于看到一个经历了这么多事之后仍然有力气嬉笑逗乐的小女孩，她乐呵呵地看着镜头，显摆着自己会说英语，还能用这门外语从一数到十。在她周围，女工们有气无力地照料着许多其他儿童，因极有可能发生的下一次袭击而人心惶惶。

面前的记者还在滔滔不绝，但我已经听不进去了。后来那个记者说了一个数字：七千人。我的注意力重新回到他身上。"医生，您知道光是这一年就有多少孤身一人的儿童和少年抵达意大利吗？"七千人。惊人的数字。哪怕只是想象一下都很困难，更别提接受它了。然而我们必须不断强调这个数字，不再是我们习以为常的"又一次登陆"，难民从救了他们的船上下来的画面在电视上出现时甚至不再吸引我们的注意；这次的数字格外重要。这是七千个孤单的小男孩或者小女孩，小小年纪，已经在渡海途中失去了生命中全部的倚仗。

我们必须给这个数字一个交代。

Donne in cammino
逃难的女人

法杜马，三十七岁，索马里人。耶路撒冷，十五岁，厄立特里亚人。名单还在延长。日复一日，我的U盘里逐渐装满了女人的名字和面孔，有成年人，也有半大的女孩子。母亲，女儿，妻子。我把她们的名字和故事分类整理，像个档案管理员一样细心收藏起来。

因为我不愿这一切最终归于遗忘。因为当我在欧洲各地讲述这些悲惨的故事时，我希望每一个故事都能分配到应有的时间。我不想遗漏它们中的任何一个。我希望这能帮助人们明白我在说些什么，也能帮助我理解这些年发生了哪些变化，我们应该期待什么样的未来。

法杜马和耶路撒冷：两个完全不同的故事，两个来自不同国家的女性，背后却同是对逃离暴行的紧迫需求。

法杜马是被直升机送来兰佩杜萨的。2016年春天的一个下午，一艘海军军舰的舰长给我打来电话，他们在海上搜救行动中救起了一些难民，其中一名女性的情况不容乐观。她患有轻度偏瘫，怀疑是中风的结果。我请求那位舰长尽快行动，倘若他们设想中的诊断成立，我们的应对越快越好。

我随后赶去供直升机降落的跑道，和同事一起把刚刚到达的法杜马火速送往医院。所幸并没有任何脑缺血症状，病人的偏瘫是启程之前的事。但是她的状况仍然不好，海难使她身体虚弱，而残疾又使她无法自由活动。

她只有三十七岁，看上去却像个老太太。面部因疾患扭曲，形体也令人不忍直视。这层面具覆盖的，本是一位美貌女子，是身体和精神所受的创伤使她成了这个模样。

她是独自一人上路的。我试着探听她的身世，她并未退缩，相反，她急于倾诉，因为太需要帮助了。

她说她一共生了七个孩子，第三次分娩之后中风，从此瘫痪了。

"就在六个月以前，"她说话时神色淡然，没有流露任何情绪，几乎像在讲别人的事，"一群民兵冲进了我和丈夫、孩子还有我母亲在摩加迪沙①的房子。孩子们吓坏了。我们也一样。所有人都知道那些圣战者可以残暴到什么程度。他们大喊大叫，对我们辱骂、威胁。我丈夫恳求他们让孩子和我们妇女离开，冲着他一个人来。他怕我会被

————————————

① 摩加迪沙（Mogadiscio），索马里第一大城市，原为该国首都，但自 1990 年代以来，因内战和军阀割据长期处于无政府状态。

那些人带走，或者我们的女儿会被强奸，被迫嫁给那些民兵，从此沦为欺压和施暴的对象。我们全都坐在地上，低着头盯着地板。哭泣的时候，努力不发出喊声，免得激怒他们。

"我丈夫从不是一个积极分子，也没有效力或者从属过任何与他们对立的派别。他从来都力求置身事外，只想着干活养家，供养我们。

"就在他还想要说服那些人放我们走的时候，他们抓住了他，强迫他跪在屋子中间，把他斩首了。当着孩子们的面他们割下了他的头。禽兽啊，这些嗜血的凶猛怪物！我看着我丈夫的头在地上滚动，一直滚到墙边才停下。

"于是这些心满意足的刽子手看了看我们，脸上现出一种嘲弄的冷笑，转过身从他们进来的门离开了。"

聆听的时候我不禁联想到塔维亚尼兄弟关于亚美尼亚种族灭绝的电影《云雀农场》中某个令人毛骨悚然的场景①。我在脑海中测量着两个场景时间和空间上的距离，这距离仿佛在我眼前瓦解、剥落，化为乌有。

法杜马说如今她在自己的国家已经无人依靠，所以下

---

① 《云雀农场》(*La masseria delle allodole*) 为意大利导演保罗·塔维亚尼和维托里奥·塔维亚尼 2007 年的作品，背景为奥斯曼帝国对亚美尼亚人的种族屠杀。

了决心把孩子托付给母亲，到欧洲来寻找一份工作。她一个人不可能带全家上路，但她也不能留在索马里坐等活活饿死。她请求我帮她找份工作。

可是有什么工作呢？以她的身体状况连做家政都很困难。唯一的办法大概是送她回索马里，由某个基金会资助她生活，为她的孩子办理远程收养。我答应她一定设法在这方面找到门路，我现在就在做这件事。

耶路撒冷年方十五岁，到达兰佩杜萨的时候法杜马才到了没几天。是个漂亮的厄立特里亚姑娘，已经把自己当成年女人看，但轮廓和脸庞还带着稚气。看到她的时候我想到自己的两个女儿也和她差不多大，想到了她们的无忧无虑，正在缓慢完成从童年到青春期复杂的蜕变过程。

女孩的声音打断了我的思绪："医生，我怕我怀孕了。"天主啊，我心想，又一个被强暴的姑娘。

我和文化译员一起坐到耶路撒冷的身边，她便说了起来。说她是和一批男人女人一起从厄立特里亚出发的，身边举目无亲，长途跋涉之后到达埃塞俄比亚无数难民营中的一座。

"我为这一趟花了八百欧元，"她说，"我们从埃塞俄比亚被运到苏丹，待了两个月，又被送去利比亚。"

我问她："你为什么觉得自己怀孕了？你被强暴了吗？还是自愿和别人发生了性关系？"

"不是，不是，"她连忙回答，"强暴和性关系都没有。"

她说她已经四个月没有来月经了，不过紧接着补充说在难民营停留的时候人家给她打过一针，说是万一她被强奸，能够防止她怀孕。这下我就明白了。她被注射了一种强效药物，影响了激素平衡。是强制避孕药之类的东西，能引发提早绝经。药效本身只是暂时的，但可能留下严重的后遗症，尤其是用在少女身上的时候。

耶路撒冷解释说这种事在那边很普遍，蛇头并没有强迫她们，只给同意的人注射。我却不怎么相信，因为很显然，保证独身女性短期内无法怀孕对于避免不必要的麻烦大有好处，如果他们打算到达欧洲之后强迫这些女人卖淫的话。

难民交易的推手们，尤其是当运输对象是那些受到部落法则束缚被迫上路的尼日利亚女人的时候，可不希望有刚出生的孩子拖累他们。这些人希望手中的未来奴隶——她们一路上对即将发生的事始终茫然无知——能够随时身无牵累地被投入市场。

我给耶路撒冷做了超声，并无妊娠迹象。才说了结果她就高兴地欢呼起来。很明显，不止我一个人看得出来，她之前撒了谎。她没有说出真相。这具纤细的躯体肯定被强暴过，和千万其他不幸者的身体一样。

这件事因此进一步使我们想到，对遭强暴女性数目的估计应该再翻上几倍，考虑到还有多少女性被强制采取了避孕措施，因为没有怀孕，甚至不会把遭遇说出来。

我问耶路撒冷，为什么要逃离故土？

她回答："因为在厄立特里亚如今已经活不下去了。我想上学，变成一个重要人物，然后回去把我的母亲和弟弟接过来和我一起生活。"

她的话深深地感动了我。那时我希望她不曾落入卖淫业的大网，现在我仍这么希望着。我并且希望——考虑到她还未成年——有哪家相关机构能够收容她，帮助她继续学业，实现愿望。

3 ottobre 2013
2013年10月3日

2013年10月2日。离我脑缺血发作已过了一个月时间。名义上我还处于康复期，其实出院回家没过几天我就又回到岗位上了。我的一部分面部肌肉仍有轻微的僵硬，一条腿有时不听使唤，说话时仍然不能流畅地吐字。尽管如此，康复情况还是不错的。

同事们一度劝我再休息一段时间，但他们也知道这是白费力气。不如说只有回到室外工作，我才能彻底击败病魔。

返回兰佩杜萨的最初几天，我沉浸在思考之中。我在这座美丽的小岛上四处游览，我需要重新感知大海的气息，用秀丽的风光重新喂饱我的眼睛，这风光属于一片至今仍保有其原始特色的乐土，它的美丽举世无双。我坐船出海，任由自己被四周嬉戏的海豚吸引，我与渔民们交谈，和那些许多年来曾在生活中和劳作时与我做伴、与我分享过辛苦与牺牲的人一聊就是很长时间。那些辛苦与牺牲，即使在我走上不同的职业路线，与他们分道扬镳之后，仍使我受益良多。

在兰佩杜萨生活，并不容易。这片小小海滩从非洲大陆上脱落，向着欧洲迁移，仿佛是自愿成为两者之间桥梁的象征。它的命运已被奇特的地理条件写就，这命运不仅支配着这片土地，更支配着定居其上的人们。

10月那一天的夜里，天气温和。不久前刚登陆了两大批难民，人数众多，全部来自叙利亚。自从这个一度富裕繁荣的国家开始陷入战争，从那里来的难民就越来越多了，而且往往是整个家庭一起逃难。

这些人的出现本身就是一个无法忽视的难题。考虑到难民之间种族和宗教上的巨大差异，如何妥善安排他们在接待中心的居住是件非常棘手的工作。比如说独身的女人和孩子不能与成年男人或者完整的家庭住在一起。这是个严肃的问题，谁也不能视而不见。

随最近几艘船抵达的叙利亚难民目前仍停留在码头，等待有关他们的安排。他们还将在那里滞留很久，而次日白天将会成为兰佩杜萨所知的最悲伤的日子。

10月3日早上七点半，我在手机上接到了港务局打来的电话："医生，麻烦您马上到码头来。发生了海难，多人死亡。"

"先生，我现在就在这里，"我这样回答，"我根本就没有离开过。我们才处理完夜里登陆的这两批难民。我在这等您。"

一刻钟过去了。一艘八米长的船接近了防波堤。是维托·菲奥里诺的船，维托和我很熟，他以打鱼为生，有机会就陪同游客出海。那天晚上他的"伽马号"上载了八个人。格拉齐娅也在船上，她经常在旅游季到兰佩杜萨来，她妹妹在这里开了一家商店。我老远就望见她哭个不停，惊慌失措。她的形象后来成了这次非人的灾难最初的象征。

格拉齐娅和维托本来是去塔巴卡拉海湾捕鱼的，那是个迷人的地方，天黑之后只要一稍抬头，令人难忘的满天繁星便会映入眼帘。一般来说去那里的游客会在海上过夜，在船上睡一觉，次日清晨再回到港口。

黎明时分，"伽马号"上的所有人都在梦乡的时候，格拉齐亚的一位同伴听到远处有动静，声音越来越大，似乎是有人在喊叫。"是海鸥吧，"格拉齐娅安抚他，"要不就是比咱们还吵的游客。"但是同伴却没能放下心来，而是劝说维托将船驶向隐约有喊声传来的方向。越是靠近，声音越响，听得越清楚。渐渐地，一幅令人难以置信的景象在他们眼前显现出来。

海面上满是呼救的人，还有已无生气的尸体，而船只则连影子都看不到。

看不到是因为船在进港的时候就已经沉没了。超过五百人在离海岸咫尺之遥的地方惊慌失措。有人游水自救，有人当场溺亡。还有人被困在舱里无路可逃。海浪把幸存者（以及遇难者）冲向了兔子岛，在那里这些人遇上了维托和他的客人。

"伽马号"上乱成一团。一双双手和手臂尽可能地伸长，试图抓住尽可能多的落水者。其中一名游客多次跳下水帮助慌乱的人们靠近船边以交托给甲板上的同伴。三小时内，他们捞上来四十九个人。再多就不行了，再多连他们自己的船也会倾覆。

到达防波堤时所有人都浑身湿透，沾满油污。我们现场给一些人包扎了伤口，把其他人送去急救。

格拉齐娅还在哭，哭得停不下来。"海里全是死人，全是死人。"她不断重复着，仍然无法相信她的眼睛。

我们于是明白了灾难的规模多么可怕。

几分钟后，又来了一艘渔船。船长多梅尼科转舵失误，撞在了码头上。我们协助船员在系缆桩上系好缆绳，登上甲板。多梅尼科浑身发抖。我还从没见过他这样：这可是个不止一次经历过生死关头的航海专家啊。

"皮埃罗，我一辈子出海，"他绝望地说，"还从来没有遇到过这样的事。"他带来了二十名生还者，情况全都糟透了。多梅尼科的船和"伽马号"不同，没有供人登船的踏板。为了把这些幸存者拉上来，他把身体伸出船外，让水手抓住他的腿，而他则去抓那些男人和女人的手臂。"但是好多人都从我手上滑下去了，因为他们身上已经沾满了汽油，就像涂着一层油脂一样，"他说话的时候仍在颤抖，"我没能抓住的那些人就重新掉进水里，再也没有浮上来。皮埃罗，我发誓我已经努力去救更多的人，但是真的做不到。可怕啊，太可怕了……"

多梅尼科还用渔网捞了四具尸体。我挨个检查了一遍。其中三人都是几小时前死亡的。

第四人是个长得很漂亮的年轻姑娘。多梅尼科这时继续对我讲自己见到的景象，他根本停不下来。"皮埃罗，海里全是死人，"他号啕大哭起来，"到处都是，尸体就浮在水上，还活着的死死抓住我。真的，那实在太恐怖了。"

他说话的时候，我握住了年轻女子的手腕。和其他人不同，她的身体不像一般尸体那样僵硬，但这可能只意味着她才死去没多久。然而我随后感觉到了脉搏的跳动。"别说话，"我对多梅尼科说，"保持安静。"我全神贯注。脉搏就在那里。难以察觉，但的确跳动着。又一次。她还没

有死。我把她抱在怀里，尽管船舷很高，多梅尼科还是以
非人的力量把我们两人一同举起来放下了码头。必须尽快
行动。

　　我们把姑娘火速送往诊所，随后的二十分钟堪称疯
狂。大家给她脱掉衣服，有人为她插管，有人为她吸出了
口中和肺部的海水以及汽油。我和麻醉师开始不断给她按
压。压迫，吸气，吹气；压迫，吸气，吹气。复苏流程进
行了一遍又一遍。每人的体内都好像不可思议地充满着肾
上腺素。无限漫长的二十分钟过后，监视器上有了动静：
她的心脏恢复了跳动。最初跳得很慢很慢，后来慢慢规律
了起来。不可能发生的事发生了。一次奇迹。欢呼的时候
我们流出了狂喜的泪水。

　　名叫凯布拉特的姑娘得救了。我们用救护车载她去机
场，一架直升机将送她去巴勒莫。

　　而我经历了二十五年医疗救助生涯最激动人心的时
刻。但现在并不是庆功的时机。

　　与此同时，岛上驻扎的所有部门都派出了摩托艇。所
有可调配人员都已抵达出事的海域。

　　我返回码头，准备救治更多的幸存者。然而送来的却

只有尸体，短短数小时就达到了一百一十一具之多。

长长的一列绿色和黑色袋子，在法瓦洛罗防波堤上排开。

我走进第一个尸体袋，打开了它。里面是个小男孩，漂亮极了，穿着一条火红的小裤子。一身穿戴多么整齐，随时准备开始全新的生活，结果却被海岸卫队摩托艇上的警察用带钩的杆子从海里捞了上来。他的尸体和其他八个人的漂浮在一起。警察用的是一种类似鱼叉的杆子，平时用来钩住其他渔船或者打捞落海的物件，如今捞上来的只有了无生气的人体。

孩子看上去如此可爱，仿佛还活着。我把他搂进怀中。摇晃着他，想要把他唤醒。我还试了他的脉搏，可是这一次不再有奇迹了。

尸检开始了。我一个接一个将所有袋子打开。至少二十个不幸的人嘴里咬着一条十字架项链，咬得很紧很紧。他们临死前做的最后一件事是把自己交给天主。从那以后，我常常梦到那一片片紧紧锁住十字架的嘴唇。

其中一个袋子里有一名刚刚分娩的女性，脐带还连在身上。我将她和她的孩子收殓在同一具棺材里，又在里面放了一只长毛绒玩具小熊。

棺材啊棺材。哪里找得来这么多？找来了又停在哪里？兰佩杜萨市长朱西·尼科里尼也和我一起在码头现场，我们叫来了一辆冰柜车，还有更多的棺材。所有棺材都被送去老机场，停放在飞机棚里。别无选择。

整整十五个日夜，从头到尾，一刻不停。

摩托艇出海打捞遇难者。潜水员下水巡查海底，从船只残骸中清空这些失去生命的男人、女人和孩子。我们先是在码头，后来在飞机棚，一刻不停地提取衣物和骨骼样品，为了给这三百六十八个不幸的人每人一个名字。警方派来的法医和我们一起将死者殓入棺中。这些人是被派来支援我们的，但是哪怕他们这样已经面对过许多惨案的人，也无法忍受这一次的折磨。

那些天里，兰佩杜萨还来了一批心理医生，以帮助海难的幸存者以及参与救援的工作人员。首先就是潜水员，他们蒙受了最为巨大的心理创伤。直面被困在船舱中的一具具人体，而且往往是已经失去生命的儿童，绝不是一件容易的事。

我也同样需要心理干预，但是当时我并没有考虑这一点。我感受到一种可怕的孤独感和焦虑感，但我不能放任自己陷入沮丧，我还有太多、太多的工作要做。

看着三百六十八只袋子排列在飞机棚里实在是一种折磨，而将它们放进棺材并且封好更加令人痛苦。几天之后，我和市长还有本堂神甫共同做出了一个一点也不容易的决定：派出几辆大巴，将接待中心的幸存者接来，让他们最后一次告别自己的亲人和朋友。这些人刚一抵达，就爆发出一片压抑的哭声。每人伏在一具棺材上呜咽，棺中究竟是谁已经毫不重要。后来有人绝望地喊叫起来。只是一瞬间的事，惨剧震耳欲聋的回声已经激荡在巨大的临时墓场上空。

痛苦以最大的强度爆发了，汹涌的浪潮摧毁一切。这时大家才蓦然意识到几个星期来我们都经历着一种呼吸暂停的悬空状态。我们仿佛被空投到了一个比真实世界更真实的虚拟世界，然而直到此时，突然之间，我们才终于意识到这一点。

我们打开了飞机棚的大门，让幸存者离开。也许这是一个错误，他们还没有做好准备面对如此强力和残忍的景象，这其中不仅有同伴的残酷结局，也有他们希望之梦的冷酷面目。

痛苦和折磨在未来几天里还会专横地卷土重来。比如在公墓，那里许多兰佩杜萨人自发地将这场巨大惨案的受害者接入自家墓穴；再比如在港口，无数父亲、母亲、兄弟、姐妹抱住余下的棺材，想阻止吊车将它们吊起装上船，直接运往恩佩多克莱港。

　　还有许多遇难者的亲人从欧洲各地赶来，请求至少让他们与亲人棺材上的编号拍一张合影。

　　那些天兰佩杜萨不得不动用了所有力量应对这次前所未有的突发事件。整个小岛在应对过程中都表现出一种持久的团结。无数家庭敞开了大门接纳并且照料幸存者，尽管我们反倒要和无法及时回应的官僚体系斗争。在市政府和诊所，市长和我不断地大喊大叫，寻求关注和可靠的援助。

　　有几个月的时间大家完全无法去想别的事。10月3日——我们意识到——已经永久改写了我们的历史。

　　第二年举办了海难周年纪念，尽管不无争议和反对的声音。其间有一个场景最为动人，那就是许多离开兰佩杜萨后在欧洲不同国家找到了亲人或朋友的幸存者抵达机场的时候。而迎接他们的则是那些曾经接待和援助过他们的兰佩杜萨人。人们拥抱、落泪，那是令人感动和如释重负的一刻。

　　然而，不是对所有人都这样。

　　我也去了机场，待在一个角落。到达大厅的滑动门开了又关上，我看到旅客们跑向那些海难过后曾收养过他们的人，即使只是很短一段时间。

　　每当大门重新开启，我心中的希望就又减弱了一分。最后一名幸存者走出机场大楼的时候，我意识到自己的愿望没有实现。凯布拉特没有回来。我无缘再次拥抱这个由我从死亡手中夺回的美丽姑娘了。或许她没有足够的勇气去重新经历当年的痛苦。她选择留在瑞士。

　　我不禁悲从中来。然后我从蜂拥而来的几十个摄影组和麦克风中间挤出一条路，独自向家走去。

Figli dello stesso mare
同一片大海的孩子

　　一间驾驶室。这就是"肯尼迪号"，四十年来供给我们全家人生活的捕鱼船留给我的记忆。我父亲直到生命的最后时日仍在精心打理它。癌症压倒了他，但他仍然决心让自己的船跟上时间的脚步。他翻新了这条船，装上了电子设备，造了一间极大的驾驶舱。

　　这就是他的家。是他度过那些风平浪静抑或雷雨大作的白天，和那些心急如焚抑或满载而归的夜晚的地方。是属于他的、他永远不会抛弃的个人世界。是巨大牺牲的回报和补赎。是他的一切。

　　他去世之后我们不得不卖掉了船，买下船的那些来自安齐奥①的渔民来兰佩杜萨开走它的时候，我在防波堤上哭得像个孩子。

　　在"肯尼迪号"上我学会了做水手，做渔夫，也"锻炼"了我的肠胃。我知道了什么是真正的劳动和忘我。和

_____

① 安齐奥（Anzio）是罗马附近的一座港口城镇。

希望我强健而无畏的父亲一起，我在船上度过了生命中最好的时光，也经历了最坏的时刻，甚至面临过送命的危险。我学会了忍受饥饿的折磨，也学会了为一次成功的捕鱼欢呼雀跃。

最重要的是，在"肯尼迪号"上我学会了热爱这片大海，一刻也离不开它，发自内心地渴望着它。它意味着生，而不是死。

我的父亲同样将大海视为一切。病魔开始占据上风之后，他不再乘坐"肯尼迪号"，重新启用了我们老旧的渔船"皮拉基拉号"，我还是个孩子的时候曾经用那艘船搭载游人，或者在大船暂时不能靠岸的时候运送乘客。报废它的任务后来落在了我的头上，到港务局注销它的时候，我才知道它足有一百零二岁，我的曾祖父将它命名为"加埃塔尼诺"。这艘船已经搭载过巴尔托洛家好几代人了。

在他生命的最后几个月里，我父亲常常要我陪他到防波堤上去，帮他上船。他一个人已经不行了。但是他不想让我陪他出海，其实我本来也做不到，我还有诊所的工作。

他回来的时候"皮拉基拉号"总是载满了鱼。许多人都批评他过于执着，连我也曾奇怪为何他明明几乎已经没有一点力气却还要坚持出海。"因为这是我唯一能用来与那个吞噬我的怪物搏斗的武器，"他回答说，"因为这就是我的生命。"

那时我会扶他下船，卸下他的收成。父亲永远有着一张因盐渍而发白的面孔，溅到脸上的海水在酷热的太阳下晒干之后，只留下一层晶莹的痕迹，如同一张面具，但不是为了掩盖，而是为了袒露——扫除一切可能的伪饰，袒露生命的真实。

同样的面具我曾屡次在那些连日漂流于波涛之间的黝黑面孔上见到。每次我都会想起我的父亲。他们都是同一片大海的孩子。

父亲变得精疲力尽，虚弱不堪，但他从来没有屈服过。痛苦越来越强烈，有时泪水会流过他的面孔，溶解了日晒在他皮肤上留下的盐层。那是盐的泪水。

终于有一天，他不再要我陪他到防波堤上去了。癌症取得了胜利。一天上午他把我叫了过去。"皮埃罗，"他用已经十分微弱的声音说，"我还有最后一个要求。你做一个花环抛到海里吧。"然后他吻了我，合上了眼睛。永远。

葬礼当天我去了花店，让人编了一个非常漂亮的花环。饰带上是几个再平常不过的字："给你的，爸爸。"

　　我登上"皮拉基拉号"，把花环装上船，发动了引擎。我一直驶到离岸足够远的开阔海域，拿起花环，抛到了海里。父亲的遗愿实现了。

讲述这二十五年来的生活和工作的主意，是我在兰佩杜萨的诊所接受莉迪亚·提洛塔的采访时萌生的，当时我们面前放着尼诺·兰达佐拍的照片，他之前曾经为2013年10月3日的悲剧做过记录。

　　从那时开始讲的故事，直到今天仍在继续，而且被吉安弗兰科·罗西精彩的电影《海上火焰》进一步放大。罗西是我希望第一个致谢的人。

　　我要特别感谢我二十五年来合作过的所有治安部门：港务局和海岸卫队、财政卫队、公安、宪兵、消防部队。这些小伙子被我称为海上的天使，他们以勇气、仁爱和牺牲精神，无论天气好坏，数十年如一日出海救援男人、女人和儿童，或者潜下海底打捞遗体。

　　我要感谢诊所所有的同事和合作者，他们每天都为我提供支持和帮助；所有曾和我一起在法瓦洛罗防波堤上迎接海上来人的志愿者；还有文化译员。我还要感谢兰佩杜萨人民，他们好客而又慷慨。

　　感谢保拉·马塞拉，她知道是为什么。

也要感谢我的家人：我一生的伴侣丽塔，我的儿女格拉齐娅、罗莎娜和贾科莫，他们支持着我的选择和付出。

还应该感谢我所属的巴勒莫省卫生局常年为我提供资金和人员支持。

最后，我想感谢我亲爱的朋友米莫神甫，他一直在沉默中工作。

皮埃罗·巴尔托洛

我首先要感谢皮埃罗·巴尔托洛选择我作为他的自述执笔人，感谢他把一生的回忆交托给我。收集并书写这些记忆是极其艰难的。我们共同度过了许多个白天和黑夜，同一个声音为我讲述了所有的故事和轶闻，那是他的声音，饱含着一种从未受损的激情。一段强力而且真实的见证。即使只是和他以及始终在场的丽塔一起重读一遍都不是容易的事。

我第二位要感谢的是我们的编辑妮可莱塔·拉扎里。她手把着手带我一步一步走完了这段艰难的路程，越过了无数障碍，这已经远远超出了她的职业和责任。

感谢我的"大大大家庭"，这些日子里他们支持、推动和鼓励我走下去。感谢我一生的伴侣萨尔沃、我的儿子朱塞佩——他也是我的诤友；感谢我的第二个父亲，也就是我的哥哥尼诺，还有我的姐姐卡梅拉和我的朋友西尔瓦娜，他们从这段路程一开始就"照料"着我，个中甘苦他们自己最清楚。

我还要感谢我的雇主意大利国家电视台，感谢我所属的地区电视新闻（TGR）频道，他们使我得以在这些年里在地中海两岸讲述那些被迫逃离战争、独裁和贫困的人们的故事，也是他们使我得以结识皮埃罗·巴尔托洛这样的非凡人物。

感谢埃齐奥·博索。他的音乐是我写下这些书页时的配乐。

本书的目的仅仅在于成为一段证言。白纸黑字，没有遮掩和讳饰。做到这些并不容易。

莉迪亚·提洛塔